离家

나의 집을 떠나며

[韩]玄吉彦 著
韩梅 译

上海译文出版社

目录

离　家

1

“知道您忙，还请您来，实在不好意思，因为我想了解一下您已故的父亲。咱们出去喝杯茶，好吗?”

我来到警察局之后，一个身穿浅绿色衬衣、打着橙色领带的年轻警察带我来到了仁寺洞的一家旧式茶馆。他外貌俊朗，举止温文有礼，这在警察当中非常少见，但是对于极少进出警察署的我来说，这反倒是一种精神压力。

“家里刚办完丧事，您一定很难过吧?”

为去世的父亲办完葬礼已经两个星期了，现在却又意外地听到陌生人表示哀悼，让我心里很不舒服，就好像父亲引发的各种乱七八糟的家事被人发现了似的。啊，我忘了介绍自己。他尴尬地笑笑，递过来一张名片。名片上，在“禹振哲”三个字下面只印着电话号码。我也给了他一张名片。这时服务员端来了茶和茶具，准备为我们过滤点的绿茶。

“您的工作单位可真好。大学毕业以后，我曾经考过那个公司，考了两三年也没考上，只好报名参加了警察干部候补人员考试。八月底我刚从警察学校毕业，现在在警察署刑警队实习。能和您相识，也是一种缘分啊!”

86级的他给我留下良好的印象。从学号来看，他比我晚三年。他这样坦诚，我最初的警惕心理也随之略有放松。

“请问您已故父亲的大名是不是暻宰?”

“对。”

“您的大姐叫仁英，二姐叫仁惠，对吧?”

“是的。”

我说出了父亲和两个姐姐的年龄。

“自从您母亲过世之后，您父亲就一直独身吗?”

“大姐包揽了家务活。”

“老人家早年丧妻，竟然一辈子没有再婚，这真令人难以置信。”

就在这一瞬间，我心中冒出一个念头：父亲一生中某件不为我们这些儿女所知的事件终于真相大白了。说不定是和某个女人有着秘密的关系，说不定他们还有了孩子……我的想象肆意扩展下去。

“听说老人家死于顽症，是胃癌?”

“对，去年六月才发现。大夫说已经错过了做手术或进行其他治疗的时间，最多还能活六个月。不过他活了一年多，算是坚持了很长时间。”

就像此前我对很多人说过的一样，对初次见面的这个男子，我又一次说起父亲的病情。亲戚朋友曾经多次问起为什么放弃治疗，每次我都用医生的话来解释，其实我自己也很困惑，感觉就像不愿给父亲治病的不孝之子在为自己辩解。事实的确如此，我没能为父亲的治疗尽一丁点儿力，从某种意义上来说，我只是在等待父亲的去世，因此，这种境地令我备感焦急，甚至觉得自己十分可憎。

“老人家住的是哪家医院？”

我说出了父亲第一次做检查的内科医院和接受全面精确检查后短期住过的大学附属医院。

“在病情恶化到那种程度之前，他本人怎么一直都不知道？”

很多人对这一点表示不理解。父亲天生身体素质好，寒冬腊月也从不感冒。他喜欢喝酒，却从未喝醉过。退休之后，他偶尔消化不好，却一直认为是酒的原因。他不愿意去医院，所以从不做全面的体检。由于长期消化不良，去年六月，父亲一个人去了朋友开的尹大夫内科医院。给他做完检查后，朋友发现他的病情不同寻常，就让他做了进一步的检查。

我仔细说明了父亲病情的发现过程以及他平时的生活情况。父亲是一名公务员，退休前任市政府的一个局长。工作期间，他一直是一名模范公务员，忠于职守，兢兢业业，对自己的事却相当粗枝大叶。

“听说老人家一个人生活，这真令人难以理解。”

男子细心观察着我的表情。

“或许是他太爱我们去世的母亲了，而且……”

这个问题不是一句两句能说清楚的，所以我选择了含糊其辞。男子微笑着，可是似乎并不相信我的话。

“那时候，我们年龄小，不懂事，极力反对父亲再婚。另外，大概父亲也觉得不会有人愿意嫁进门，毕竟家里有三个孩子，老大十三，老幺才三岁，可能他是想等到我们长大成人不需要母亲照料的时候再结婚。”

这个男子似乎认为父亲一直没有再婚有问题。

“这倒也是，其实再婚也不像说起来那么简单，可能是缘分未到吧。这个我理解。”

听他这么说，我稍微安心了一些。

“不过，大姐仁英也是独身吧？”

“对，大姐代替妈妈照料家，错过了结婚的最佳年龄。”

“她好像读的是商业高中夜校吧？你们家那么困难吗？”

“不是经济问题，是大姐为了照顾家主动做出的选择。母亲去世时大姐上小学六年级，此后她不单是当起了我们的保姆，还负担了全部家务活。”

“她可真了不起，如今已经找不到这种人了。可是大姐没有某种受害意识吗？比如说为了家里人自己的人生受到了巨大损失之类的。”

男子的声音听起来有些生硬。

“姐姐认为这一切都是命，她反倒担心家里人会过意不去……”

“您大姐是位美女，还是位才女，毕业成绩全年级第一名，应该有很多追求者。我还听说她在银行上了几个月的班。”

男子好像对大姐很了解。

“我姐姐有什么事吗？”

我急切地追问。男子的嘴角露出微笑，却没有回答。回忆父亲去世本就令人心情忧郁，现在他又把话题扯到姐姐身上，他真实的意图到底是什么？这令我纳闷，也让我不快。

“今天就聊到这儿吧，以后见面一起喝杯茶。每当脑子乱哄哄时我都到这个茶馆来，听着那个音乐休息一会儿。”

这时恰好传来了韵味十足的南方民谣。男子看看表，匆匆站起身。

“有什么事啊？我姐姐……”

走出茶馆门后，我又问，男子没有回答，自顾自地转身离去了。我愣愣地望着，直到他的背影远去，才朝通仁洞的家走去，我想去见见父亲去世后整天守着那座空房子的大姐。

2

父亲和大姐之间深深的爱与恨超出一般人的想象，他们两个人互相关心，互相爱护，为此押上了自己的命运，而这最终成为一条枷锁，将自己和对方捆绑了起来。他们的人生就像是在相互竞争，将自己捆绑在对方的人生中，看看自己能否适应。这种关系产生了某种神秘的力量，维系着他们的生活，而且让周围的人们觉得十分美好。可是，现在想想，正是这最终导致了他们的不幸。我思考着父亲和姐姐之间曾无数次反复的关系，直到走进那条能看见家的胡同。

我感觉，父亲仿佛就在某个地方站着，冷不丁会出现在我面前。我小心翼翼地挪动脚步，来到大门前，我还迟疑了好一阵子。可是，连父亲的影子都没有出现。我轻轻摁了下门铃，新来的保姆开了门。考虑到姐姐一个人生活，父亲去世后，我们请了保姆。或许是因为主人已经不在人世，精心修整的庭院和雅致的二层花岗岩小楼看起来破旧不堪，似乎摇摇欲坠。故人已去，物是人非，这里只留着石头般浓重而坚硬的记忆。每次回到家，我都觉得非常困惑，家里人没有按照正常顺序离开这个家。本该在这个家里待最久的母亲最先离开，然后是二姐，第三个是我，接着是两周前离去的父亲，而本该最早离开的大姐已经成为四十五岁的老姑娘，却仍然守在这栋房子里。

这栋房子是资产颇丰的爷爷跟爸爸分家时给他准备的。五年前我婚后在这里生活了一年，就搬到了公寓楼。我是独生子，原本没有分家的想法，可父亲说不想眼瞧着儿媳妇为了和独身的公公、年纪老大不小的大姑子一起住而吃苦，几乎是硬把我们给赶了出去。看来长期一起生活的女儿让他觉得更舒服，而不是儿子。

大姐在二楼父亲的书房里，自从母亲去世后，父亲一直都用这个房间。不过，如果计算时间，可能姐姐在这个房间里待的时间比父亲要长。从上商业高中夜校开始，只要父亲上班，姐姐打扫完家里的卫生，整理好家什，就在这个房间学习。为了让父亲在生活上没有任何不便，姐姐将一切准备得尽善尽美。为此，她在这个房间里要待上很长时间。此时，姐姐也像是在一边休息，一边等待着父亲回家。

房间里烟雾弥漫，姐姐的指间有一支长长的香烟在燃烧，书桌上散乱地摆放着几本破旧的大学笔记本。父亲喜欢兰花，也喜欢书法，他几乎每天都写日记。母亲去世后，他曾写文章表达对故人的款款深情，后来他开始关注没娘的儿女成长的面貌，便常常写下日记。有一次，二姐提议在自己工作的出版社正式出版那些日记，遭到了父亲的拒绝。埋葬了父亲之后，姐姐可能一直在阅读父亲的日记，追忆过去的岁月，她或许从中看到了自己的浓重身影。

“出去旅行吧，老是这样，你会吃不消的。”

姐姐没有化妆的脸庞看起来非常消瘦。在过去的一年多，姐姐好像完全变成了另一个世界的人，眼窝深陷，面色苍白。一看到这张脸，我心中的怜悯之情油然而生。

“你让我凄凄惨惨地独自去旅行？早知道这样，我就该陪着爸爸随便去个地方。”

姐姐一反常态地表示后悔，同时在铜烟灰缸上捻灭了香烟。

"我刚才去了警察局。"

犹豫了一阵要不要说，我还是觉得姐姐似乎应该知道，便艰难地开了口。

"我也去了，咱没必要迎合那些喜欢嚼舌根的人的口味。"

姐姐说，似乎已经预料到我会去警察局。

"我会看着办，下次叫你去你也别去。"

姐姐斩钉截铁地说。警察局的事就聊到这儿。

"我不该那样对爸爸。"

过了一会儿，姐姐长叹一口气，接着，从冰箱里拿出洋酒和下酒菜，摆在小桌上。为了让父亲随时能喝上一杯，书房里常备着这些东西。

"一起喝一杯吧。最近，我天天夜里和爸爸、妈妈一起喝。可是妈妈责备我，说我毁了爸爸的一生……"

姐姐小声嘟囔着，将杯里的洋酒一饮而尽。

"癌细胞怎么会放过在孤独中煎熬的爸爸呢?"

姐姐不停地叹息，我理解她的心情。不过，我不想只生活在对故人的回忆之中，大姐一个人这样已经足够了。

"大概是你三岁的时候，妈妈生了你之后，可能是因为产后调理得不好，一直病恹恹的，后来干脆病倒了，跑了好几家医院都没有办法。生你的时候难产，两个星期以后爷爷又去世了，妈妈光顾着忙丧事，没注意休息。我们也不清楚妈妈到底得的什么病，尽管她不时往医院跑，却没有好转。就是那个时候。"

这些我听说过很多次，虽然那时候我只有三岁，不可能记住当时的事，但是因为经常听，不知不觉就留在了我的记忆中。

上小学六年级的姐姐在朋友家学习一阵子后深夜回家，看到父亲和一个浓妆艳抹的年轻女子在旧中央政府办公楼西门对面的茶馆入口，旁边是父亲的朋友们，都喝得醉醺醺的。

“尹老板，你得好好照顾我们成主事①。这段日子，他夫人卧病在床，都好几个月了，他很不爽啊。哈哈哈。”

“只要他能抽出时间，我嘛，随时奉陪。嘻嘻嘻。”

听父亲的朋友们这么说，那个女人咯咯笑着答话。

那天晚上，姐姐再三责问大醉而归的父亲。父亲无言以对，只是解释说那个茶馆离办公室很近，所以自己常和职员们一起去，和那个女老板并没有什么特殊关系。但是，刚满十三岁的女儿无法理解这种情形。四个月后，母亲离开了人世，而那天夜里父亲酒醉的样子久久无法从大姐的脑海中消失，因为她从英俊帅气、对妈妈无比温柔的父亲身上意外地看到了丑陋、扭曲的一面。

办完三虞祭②后回到家，姐姐大胆地向父亲提出条件：“爸爸不要再婚，我会替妈妈干所有的家务活。”

那时，父亲根本没有心思考虑再婚的问题。他觉得，十三岁

---

① 主事，韩国公务员级别的一种。

② 三虞祭，指出殡后的第三次祭祀。

的女儿知道为弟弟、妹妹和父亲着想，实在难能可贵。

“好，我爱你们的妈妈，将来也会永远爱她，我不会再婚。”

父亲就这样轻易地答应了下来。

当时，乡下外婆家给我们找了个当保姆的女子，让她到家里照顾我们。不过，照料父亲的起居仍然是大姐的活儿。去世之前，母亲把操持家务的所有事项都详细记下来，交给了姐姐，其中包括准备饭菜，给弟弟妹妹准备衣服和学习用品，存放父亲上班穿的衣服、袜子、内衣和戴的领带，整理并洗涤四季的服装，打扫房间，处理家务，还有亲戚家的大事小情，等等，母亲将这些都详细记录下来，留给了姐姐。或许是妈妈已经知道父亲无法很快再婚？要么就是她在潜意识里希望丈夫不要再婚，一辈子都别忘记自己。最终，那个保姆只坚持了两年就走了。

我不愿意让保姆走，却无法说服固执的大姐。五岁的我喜欢上了那个保姆，她把我照顾得很好，当成了自己的亲生儿子，她对姐姐们也很好，并且成功地经受住了挑剔的大姐不友好的目光。我不明白大姐为什么非要赶她走，父亲为什么没能劝止大姐。保姆走后，大姐把父亲照料得更加无微不至，就像妈妈死而复生一样，那时候大姐才上初中二年级。

大姐不让父亲的衬衣沾染一丁点儿污垢，无论是准备弟弟、妹妹的盒饭，还是照顾上幼儿园的我，她都做得无可挑剔。有时候，她甚至把我带到自己上课的教室。好在姐姐是成绩优异的好学生，大家都给予了理解。

升高中前夕，姐姐坚持要上商校的夜校，她说有弟弟、妹妹两个人上学，父亲也调到了市政府，工作更加繁忙，自己要白天干家务，晚上上学。这件事不是父亲劝说大姐，反倒是大姐说服了父亲。

“我答应了妈妈，要照顾好爸爸和弟弟、妹妹，我得遵守诺言。等仁厚上了初中，爸爸可以再婚了，我也要结婚。”

女儿把一切安排得如此完美，做父亲的只得举手投降。那时十六岁的姐姐义正词严的样子至今还历历在目，可是，现在姐姐老了，那时的霸气也已荡然无存。

姐姐干了第三杯酒。我虽然知道姐姐的酒量，可是现在她的身体太虚弱，不禁为她担心。

父亲病倒后，姐姐经常独自借酒浇愁。

“你也许不知道，曾经有两次机会让爸爸获得自由，都是因为我的固执，两次都错过了。从那以后，我用更加牢固的锁链把爸爸捆得更紧，天底下怎么会有这种不孝儿女啊？对人情世故，我实在太无知了。”

姐姐以自嘲的语气说着，将杯里的酒一饮而尽。姐姐一向正直地看待世界，满怀着自信生活，今天却发出这样的感叹，让我深感意外。

“两次？”

“由于我的固执，父亲逐渐把一切都看成命运，无奈地接受，与此同时他开始变得越来越虚弱。第一次就是赶走保姆的那件事……”

姐姐沙哑的声音钻进了我的心中。

“那天深夜，狂风用力吹打窗户的声音吵醒了我。天上下着雨，还刮着风。我琢磨着要不要叫醒保姆，便上了楼。奇怪的是父亲熄了灯的房间里有人的声音，这是一种我从未听过的声音，似乎是父亲的呻吟声，其中还夹杂着女人的声音。我很害怕，不知道如何是好，就靠着二楼的台阶静静地站着，因为我既不能叫醒家里人，也不能打开父亲的房门。不一会儿，房门开了，保姆走了出来。在黑暗中，我也能看出她衣衫不整。我猜出这一对男女在同一个房间里干了些什么，脸涨得通红。

“第二天，我想来想去，无法原谅那个保姆，更无法想象那个女人和爸爸成为夫妻。我去追问父亲，是不是要和那个女人结婚。父亲知道我发现了他和保姆之间的秘密关系，什么也没说。其实，从爸爸的角度来说，他觉得就算是为了孩子们，娶一个淳朴的乡下女人为妻也好。有哪个女人愿意嫁给拖着三个孩子的男人，就算是嫁过来，也令人担心能不能像对待自己的亲生子女一样对待前妻的孩子。和这个女人一起生活的这段时间，她对老幺非常好，性情也善良、淳朴，父亲对她产生了好感。不过，面对我的反对，父亲无计可施。

“第二次是我初中毕业要上高中的时候，妈妈去世已经四年，老幺也上了小学，父亲就算再婚，也不会被人笑话，外婆家也极力劝说爸爸再婚，而且父亲也遇到了喜欢的女人。意识到这种情况，我破釜沉舟地表示要上商业高中夜校，以此阻拦父亲再婚。那时候，父亲真的爱上了一个女人，虽然母亲是个贤淑的女子，却没能给父亲甜蜜的爱情，可是这一次父亲遇到的女人大不一样。”

说完这些，大姐把父亲的一本日记递给了我。我连看都没看一眼，里面的字字句句血泪斑斑，记录着父亲坍塌的人生，我怎能读得下去呢？

上了夜校高中后，大姐完全变了个人。她天一亮就起床，直到下午四点去上学，她都作为一名家庭主妇勤奋劳作。不仅是干活，她对父亲的照料也超出了一般的已婚女子照顾自己丈夫的程度。父亲一手拉着我一手领着二姐去上班，戴着围裙的大姐送到大马路上，看看父亲的衣着是否整齐，反复提醒注意我们的书包以及学校生活事项。有时候我甚至产生错觉，感觉去世的母亲复活了。

我放学回家的时候，姐姐不是在胡同就是在门厅里等我。为了让失去母亲的老幺空落落的心中总是充满爱，姐姐费尽了苦心。

“看着姐姐这样，我有点儿害怕。有一次，外婆来咱们家，看到姐姐的言谈举止，哭得特别伤心。她老人家是看到姐姐你把妈妈的那份责任也一起承担起来，觉得太可怜了。妈妈虽然不在了，姐姐你却坐在了妈妈的位置上。”

我给姐姐倒了第四杯酒，说出了此前从未说过的话。

“是啊。对仁厚你来说，我能代替妈妈，这是我的幸运，也得谢谢你。不过，我对爸爸比对你们更尽心尽力。可是，对爸爸来说，我不可能成为妈妈。我没有意识到这一点。我怎么那么傻呢？”

姐姐端着酒杯，呆呆地望望我，哽咽着哭了起来。

“我知道，虽然我那么尽心，爸爸一直在考虑再婚。所以我也曾经想离开爸爸。可是已经晚了，从那时起，在我的意识深处，对父亲的爱和对父亲拒绝接受这份爱的恨已经紧紧地缠绕在了一起。”

我感觉自己似乎在听姐姐讲述自己失败的人生，心里非常难过。那一瞬间，我突然意识到，我也对姐姐面貌的扭曲产生过很大影响。

家里的长辈们知道，由于姐姐反对，父亲无法再婚。当时姐姐从夜校高中毕业后进了银行工作，她毕业时成绩优异，所以轻而易举地找到了工作。父亲相信，大女儿一旦走出家庭的藩篱，自然会遇到合适的对象，对家里人过分的关爱也会渐渐淡化。可是，姐姐在银行工作两个多月时，家里发生了一件小事——老幺我得了肺炎。

“人生是命中注定的，那时我隐约看到了自己的命运。爸爸命运的大方向由我掌控，我的命运则由深爱我和妈妈的爸爸掌控。你记得吗？你得肺炎的时候，我连班也不上，两天两夜没合眼，那也是赌气，因为我认为是自己的错……”

姐姐深感内疚，认为我得肺炎是因为她粗心大意，为此辞了职，父亲怎么劝也劝不住。从此以后，家里的事全部由大姐做主，父亲话说得越来越少，酒喝得越来越多了。姐姐偶尔还和父亲在书房里对酌。

姐姐只谈过一次恋爱，那是她从银行辞职后一边干家务、一边上夜大的时候。父亲认为这倒是件好事。大学四年级的时候，姐姐和一个青年恋爱了，察觉到这一点之后，父亲急忙为姐姐筹备婚礼。不仅是父亲，一家亲戚也都出面忙着张罗。

这一次，我反对姐姐结婚，那时我上初中二年级，二姐上大学一年级。我无法想象大姐出嫁成为人妻。对我来说，她是妈妈，是姐姐，也是朋友。我请求姐姐等我上了高中再结婚。姐姐答应了，并没怎么为难，父亲对这件事完全采取了旁观的态度。只不过再等两年，而且姐姐那时还没有大学毕业，姐姐和我都认为等两年并不是什么难事。

可是偏偏出现了问题，那个男人觉得姐姐不可思议。他认为，一个女人竟然为了弟弟推迟婚期，这种对弟弟过分关爱的女人肯定不正常，她是不是爱上了弟弟？更何况她阻止独身的父亲再婚，这个女人肯定有问题。就这样，那个男人最终离开了姐姐。

姐姐并没有因为这件事遭受打击，她觉得与那些戴着有色眼镜看世界的人断绝关系是一件幸事，精神上受到打击的反倒是父亲。

“是我改变了姐姐的一生，那时候我太不懂事了。”

姐姐只是静静地听我说话。对我来说，那件事至今仍然是一个沉重的包袱。如果那时候姐姐结了婚，父亲肯定也会再婚，家里就能恢复正常。可是，我的贪心决定性地扭曲了家人的人生道路。我爱姐姐，姐姐也疼惜我、爱护我，所以没能拒绝我的请求。可是结果如何呢？看着姐姐颓废、瘦削的面容，我再次想起了那份爱。

3

从警察局回来四天之后，那个彬彬有礼的男子又给我打了电话。

“我最近在写小说，成兄您给帮帮忙吧。要是不忙，下班后咱们还在那个茶馆见……”

尽管那个男子故作悠闲，我总觉得他见我一定有事。姐姐让我尽量不见警察局的人，可是真接到电话，我又难以拒绝。

“您工作那么忙，每次给您添麻烦了。我的小说写到中间卡住了，需要成兄帮帮忙，才能打开思路。”

我们只见过两面，感觉却像老朋友。我正想着为什么会这样，听到他说“写小说”，便有些紧张。

“小说?”

“有人提供线索说成兄的父亲死于他杀。上次您也说了，医生说老人家还能坚持六个月左右，而他又活了一年零四个月。现在冷不丁地冒出他杀的说法，有些说不通啊。”

他的话听起来真像小说。

“父亲去世前一个月病情恶化，一直在死亡线上挣扎，大家都在等待他临终的那一刻，怎么会是他杀呢?”

男子为了这种问题跟我见面，他到底有何目的? 我心里很不高兴。

“我也无法理解，这种说不清道不明的案件怎么会落到我这个实习警察手里。课长知道我曾经学过写小说，说不定是出于对我的特别关照。不过话说回来，不只是您父亲，对那些在死亡线上痛苦挣扎的患者而言，是不是会考虑安乐死呢?”

“这个嘛……”

“安乐死”这个词让我十分不快。

“噢，您还有一位姐姐吧? 她是什么时候结的婚?”

二姐大学毕业那年秋天结了婚，姐夫是她同一专业的同学，两个人在学校里谈的恋爱。

“您父亲一直没有再婚，大姐也为了家没结婚，二姐倒是相当现实啊。”

“遇到了相爱的人，不该顺理成章地结婚吗? 说不定正是因为父亲和大姐那样生活，二姐才更着急结婚。这样至少能改变一下家里的氛围吧？”

“她和大姐的关系不好吗？”

“不是。”

男子好像在套口供，这让我极其不高兴。

“可我听说她们姐妹之间关系不好。”

“人与人之间可能关系好，也可能关系不好。不过我的两个姐姐之间没有理由关系不好。”

我很纳闷，到底是谁对别人家的事信口开河。可是，姐姐们的关系和这个男人又有什么相关？

“我很想知道，关于我父亲的死到底有什么问题？”

我终于忍无可忍。

“啊，我忘记告诉你了。你大姐到警察局自首，说让父亲安乐死了。她的说法很荒唐，不过既然立了案，我们就不能不调查。听你讲了事情的原委之后，我也觉得十分疑惑。”

大姐让父亲安乐死？这闻所未闻的事让我脑子里顿时一片空白。大姐本人还去投案自首？这更让我无法想象。说不定不是大姐自首，而是二姐凭自己的猜测乱说的。

“那可能是因为她对父亲的死感到内疚。父亲一生六十年里从没好好做过全面体检，确诊是胃癌以后，我们这些当儿女的也没能为他治病做些什么。从某种角度来说，我们只是等待着他走向死亡。想起父亲的事，连我也觉得羞愧难当，没脸见人。”

我坦白地承认了自己的心情。

“放弃治疗是老人的意思吗?”

“不，这是医生的建议。父亲刚开始在尹大夫内科医院接受治疗，那里的院长是父亲的好朋友，所以他才实话实说。尽管如此，作为子女，我们也曾想尽最大努力……”

“对老人家的治疗方案，你们姐弟三个想法一致吗?”

男子刨根问底。说实话，父亲的病情诊断结果出来之后，我们姐弟三个的反应各不相同。大姐失魂落魄、不知所措；我束手无策，只是眼巴巴地看着两个姐姐的脸；只有二姐固执己见，认为不管医生如何建议，我们作为子女都应该尽最大的努力。所以，她劝说父亲即便不做手术，至少也应该接受化疗。

父亲想接受医生的建议，于是经朋友介绍在江原道旌善的山村里找了处能住一年的房子，打算在那里生活。但是由于二姐态度非常强硬，父亲决定接受化疗，不过他最终也没有接受化疗，径直回了家。

在医院治疗室的走廊里一看到众多接受完治疗出来的患者，父亲就摇头。那些人面容苍白消瘦，头发几乎都已掉光，所以帽子都戴得很低，眼神不安，流露出对治疗效果的怀疑，看起来十分悲惨。父亲对坐在旁边的我断然表示不做化疗，那语气不是在跟我商量，而是单方面地通报，近来父亲从未如此强硬地提出自己的想法。我无话可说，父亲承认我作为儿子的身份，通报了自己的想法，对于父亲的决定，我却无法做出回答。这时，旁边的大姐表态了。

“我们服从爸爸的决定，因为我们不能为您分担一丝一毫抗癌治疗的痛苦。”

大姐同意了父亲的决定，本来就不想做化疗的父亲放弃治疗回家了。听到这个消息，二姐立即赶回家，对大姐进行了攻击。

“你怎么能这么做呢？就算爸爸说不做，我们做儿女的也应该劝劝他，哪能就像巴不得这样似的马上就陪爸爸回来了？你是怎么做儿子的？”

二姐表面上指责我，实际上是在指责大姐。大姐只是默默地听着，一句话也没说。那时大姐的态度令我非常惊讶。

“爸爸的痛苦你能分担哪怕百分之一吗？只是为让别人看着尽了儿女的本分，明知无效还非让爸爸受那份罪吗？”

在二姐的责难下，大姐只回答了这么一句。真奇怪，从以往两个姐姐的态度来看，应该是二姐反对做化疗，大姐主张做化疗才对。对于父亲的病，两个姐姐的不同态度在看病过程中也表现了出来。放弃住院之后，父亲想去一个安静、空气好的地方住，大姐完全遵从了他的想法，他们到江原道的山村里住了两个星期，回来后决定干脆搬到那里去住。但是由于二姐反对，父亲未能离开首尔。

“姐姐你把爸爸弄到这步田地，现在只想袖手旁观吗？在山里住着，如果突然发生什么事，你想怎么办啊？直到现在，姐姐一直都违逆爸爸的意思，坚持自己的想法，毁掉了爸爸的人生，到如今却又说什么尊重爸爸的意思，你是想借此减轻自己的过失吗？不行，爸爸必须住院接受治疗。”二姐责怪大姐。

对于二姐的说法，大姐一句话也没说。

最终父亲放弃了去山村住的想法，选择了以更加积极向上的态度生活。他经常和朋友们见面，请他们吃午饭，也常常叫我们姐弟和家人出去吃饭，他还更加热衷于退休后开始学的书法和兰花栽培。他加入了兰友会，四处搜寻名贵品种，为采挖春兰还去了边山半岛好几次。他忘记了自己是个病人，像健康人一样积极生活，直到再也无法走动。

大姐默默地专心照料父亲。我不时回家见到大姐，发现她完全变成了另一个人——一言不发，无精打采，素颜的脸上毫无表情。她如影随形般守护在父亲身边，除了陪父亲外出或者去银行、集市，她绝不出门。通过姐姐的变化，我仿佛看到了家里的情形，感到十分不安。

“我恨不能代替爸爸得病。我本来以为，只要下定决心，我为爸爸什么都能做到，甚至替爸爸活出他的人生。现在我才知道，这些都是愚蠢的想法。我为爸爸什么也做不了，这一点我明白得太晚了。在此前的三十多年里，我自以为为爸爸做的那些事不是为了爸爸，而是为了我自己。这份债我该怎么还？现在爸爸已经陷入绝境，我能为他做点儿什么呢？这让我觉得空虚、难过，觉得自己十分可恶。”

有时候，崩溃的大姐向我这样倾诉。

从家里搬出来的二姐和我时不时地来看望父亲，问问病情，一惊一乍地对父亲的健康表示担忧。这时候，大姐只是在旁边默默地听我们说。

去世前一个月，父亲的病情急转直下，肉体上的痛苦越来越大。尽管如此，父亲和大姐都没有告诉我们。后来知道了，二姐又吵吵闹闹地指责大姐，大姐只是默默地听着。

“爸爸您怎么能这样呢？难道我们就不是您的儿女吗？您为什么不告诉我们？”

“告诉你们，我的病情就会减轻吗？只能让你们白担心。你们也别怪你们的姐姐。”

父亲劝我们两个不懂事的孩子。

在二姐的坚持下，父亲最后还是住进了医院。

虽然住院了，父亲并没有接受什么特殊的治疗。癌细胞已经扩散到整个胃部，食物无法进入肠道，他只能打打吊瓶。由于疼痛难忍，有时药里加一些镇痛剂，不过也不能一直这样用药。父亲对陌生的病房也很不适应，所有的东西都和家里摆放的位置不同，床铺被褥也都是陌生的。或许是因为这一点，半夜醒来，他总是不安地环顾病房。

有时候，父亲还担心家中兰室里的兰花。朋友们来病房探望，他既高兴，又担心不能还人家的人情。我和二姐每天去一趟医院，长则待一个小时，忙的时候也就是待二三十分钟，认为似乎这就算尽了做儿女的责任。父亲知道我们的心理，所以从我们一进病房就催促我们赶紧走。尽管是自己的亲生儿女，他大概也不愿意让我们看到自己日益衰老、枯萎的可怜病体。

父亲在医院里勉强坚持了一个星期就回到了家，我和二姐坚决反对，但这一次父亲的态度异常坚决。主治医生尊重了患者的意愿，因为即便住在医院里，医生对他的病也已无能为力。

尽管这是我不愿意碰触的记忆，但是我还是把父亲去世前的情况一五一十地对那个男子做了说明，想以此改变他对父亲之死的想法。

“大姐可真不是一般人啊！既然她能那样固执地坚持自己的想法，就应该通晓人情世故。人世间的生活很多是无法按常理解释的。大概仁厚君你和二姐是按照常理生活、对事物作出判断，大姐是不是有所不同呢？”

男子表面上同意我的话，同时又弦外有音。无法按常理解释？如果大姐的人生如此，难道就说大姐和父亲的死有某种关系吗？

“噢，大姐曾经在某年的父母节活动上获得过总统表彰啊。”

翻着翻着手册，男子满脸堆笑地说，好像差点儿忘记似的。

“她没去领奖。父亲单位知道我们家的情况，推荐了她，她才受到表彰。那时候，刚好大姐对自己之前为父亲所做的一切产生了怀疑，所以根本没有勇气去领那种奖。”

关于当时的事，我又啰啰嗦嗦说了一大堆。听说市政府要给予表彰，大姐关起房门，干脆好几天不出门，并且正式向市政府表示拒绝。市政府似乎很为难，竟然有人拒绝接受总统的表彰，这实在不可思议。所以最后大姐向市政府做出让步，即不拒绝接受表彰，但前提条件是不出席表彰大会，奖金通过市政府捐给贫困家庭。可是，事情的发展出人意料，把奖金捐给贫困家庭的事越传越大，成了更加热门的话题，让姐姐陷入困扰之中。

这件事使姐姐愈发沉默寡言，甚至逐渐开始避免与外人的接触。

“请原谅，我说这句话可能听起来有点奇怪。不知道大姐是不是有神经官能症之类的症状？”

男子仔细观察着我的表情，似乎表明不会放过我没有说出的某些内容。

“你千万别这么想。我姐姐很正常，太正常了，以至于让那些生活不正常的人看着不正常。”

我斩钉截铁地表示否定，然后站起了身，下定决心不再和这个男子见面。

“理当如此。”

男子同意我的话。

4

这几天，我心里一直怪怪的，既担心那个男子打电话来，又盼着他打电话来。正如他所说的，大姐自首说自己让父亲安乐死本身就像小说，让人难以置信。他说的可能是小说里的故事，要不怎么会说父亲死于他杀？这根本就是让人无法想象的事。这件事我一方面想都不愿意去想，一方面又怀疑是不是二姐出于对大姐的怀疑散布的谣言。这种想法本身令我恐惧、战栗。

就在下班之前，我接到了那个男子的电话，便紧张地等着他说下去。

“这段日子让您心烦了。案子已经顺利了结，小说只写一半就放弃了。这段时间咱们见了几次的事请对您两位姐姐和其他家人保密。再见。”

男子说完自己想说的话就挂上了电话。

我走出办公室，那个男子的声音仍在耳边回响。他就这样消失了，却给我留下更多的疑惑。“案子已经顺利了结”指的是什么？男子写的小说到底是什么内容？他可能是想借小说讲述我们家的事，难道其中真有什么秘密吗？此时，我特别想见到大姐。

马路上秋意正浓，大姐现在应该坐在父亲空荡荡的书房里，透过东边的窗户，眺望博物馆周围街边大树叶片飘落。大姐是个已步入人生之秋的女人，我下定决心，要鼓励她忘记过去的一切，为未来的人生而奋斗。我要先劝她结婚，要不就劝她做生意，想想过去我亏欠大姐那么多，无论她做什么，我都要大力支持她。想着这些，我便淡忘了那个男子的话。“好吧，既然说顺利了结了，就应该没问题了。”我想尽快忘掉这些。

我拦住了一辆路过的出租车，这段路不远，走着去也行，但是我想尽快见到大姐，和她聊一聊令人振奋的话题。

来到家门前的胡同口，我下了车，感觉散步的父亲似乎正在胡同口迎我。为了摆脱父亲的影子，我摇着头，加快了脚步，迅速打开大门走进院子。几天没来，院子里已经秋意盎然。可是，不知从哪儿突然传来父亲的呻吟声。我呆呆地站在院子中间，动弹不得。父亲的呻吟声越来越大，在这种幻觉中，父亲临终前的情景隐约浮现在眼前。

临终三天前，父亲开始昏昏沉沉。他很清醒，并没有失去意识，而是为了忍受肉体的痛苦虚脱了。

听到这个消息，家里人都跑了来，围坐在躺在二楼书房的父亲身边抽泣。父亲痛得厉害，勉强睁开眼睛，看看周围人的脸，不时发出长长的叹息。大姐用大麦茶水濡湿纱布，放进父亲嘴里，这时我发现父亲的嘴唇有瘀血。

“爸爸受伤了吗?”

如果半夜胃疼得厉害，父亲会自己去卫生间吐干净，这样才能稍微减轻一点疼痛。就算大姐在旁边帮忙，父亲也摆手坚持自己来。大姐觉得，这大概因为毕竟是父女关系，有些不便，就任由父亲自己来。所以，当我看到父亲瘀青的嘴唇，猜测他是不是在进出卫生间时受伤了，便抬头看大姐。大姐看出了我的想法，默默地摇摇头。在此之前，就算疼得厉害，父亲虽然咬紧嘴唇，却从不发出很大的呻吟声。据说癌症病人临终时非常痛苦，我却从未亲眼目睹。可是，那天晚上，我在一定程度上体会到了父亲的痛苦。他呻吟一阵子，轻轻睁开眼睛，扫视房内，看看枕边的钟表，紧咬着嘴唇闭上眼睛。不到五分钟，最多也就十分钟，他又呻吟着睁开眼睛，然后又是……咬着嘴唇，扫视房内，看看钟表，扭动身体，发出惨叫声……就在这样不断的反复中，天亮了。然而，对于父亲来说，新的一天没有任何意义。

我离开家去上班，为了送孩子们上学，守了一夜的二姐也早早回了家。吃午饭的时候，我抽空来到父亲家。为了忍住疼痛，父亲抓着大姐的手在哎哟哎哟地不断呻吟。他就像我在埃及博物馆里看到的木乃伊一样，瘦得皮包骨，脸上清晰地显露出来颅骨的轮廓，深陷的眼窝湿漉漉的，含着泪水。大姐什么也没说，因为彻夜未眠，她面庞枯瘦，没有一丝血色，就像一个重病患者。

难道父亲抓着大姐的手哭了一夜？大姐坐的地方到处是皱巴巴的纸巾。父亲已经完全虚脱，时而为了忍受突然发作的剧痛，他在床上扭动着身子，发出惨叫声。如今，他已经失去了本想在儿女面前保留的最后一点儿傲气。或许是那声声惨叫让大姐揪心，她假装用手绢为父亲擦拭嘴角，实际上想堵住父亲的嘴，不让他出声。擦着擦着，大姐用一只手握住父亲的手，把头埋在曲起的两腿之间，抽泣起来。

房间里出现了短暂的寂静。

父亲又开始扭动身子惨叫，那是我从未听过的野兽的悲鸣。父亲突然狂性大发，挥舞双手拍打地面。

“仁厚，请尹大夫内科医院的医生来一趟吧……”

我慌忙向楼下跑去。

当我带着尹博士走进房间时，父亲已经停止了呼吸。尹博士用听诊器听听心跳，察看了瞳孔，告诉我们父亲已经去世。大姐让我通知二姐，然后用纱布擦拭父亲嘴角的涎水，用手从上向下拂了一下父亲尚未完全合上的眼皮。看到父亲安详地闭上了眼睛，姐姐长呼一口气，为父亲盖上被子，跪下闭了会儿眼睛。

我掀开被子，端详着父亲安然入睡似的面容，他终于安息了。

——死原来这么舒服！死是独自一人踏上陌生的旅途，不免会让人感到些许孤独，些许恐惧，令人彷徨犹豫。然而，一旦进入那个世界，也会逐渐熟悉那里吧？现在，我和父亲在这个世界上的缘分就此了结。

我伤心地哽咽起来。

从那以后，父亲死亡的记忆渐渐变得淡漠。随着时间的流逝，那记忆越来越淡，某一天可能会被我完全忘却。

姐姐没在父亲的书房，问保姆，回答说她早上就走了，说是要出去旅行几天。旅行？几天前我那么苦口婆心地劝说，她看起来丝毫不为所动。我产生了奇怪的预感。

像往常一样，父亲的书房被收拾得十分整洁，像在等待短暂外出的父亲归来，东边窗台上的兰花叶片葱绿。

父亲书桌上的一封信吸引了我的目光，那是大姐给我写的信。

——那一天，我，用自己的手，堵住了疼痛难忍的父亲发出呻吟的嘴。过了大约五分钟，爸爸扭曲的脸平静下来，我才放下心。葬礼过后，我去警察局说明了事情的真相，可他们并不相信。现在，我要离开这个家。也许离开这个家，才能摆脱至今束缚我的一切，获得自由。直到父亲临终之时，我都是按照自己的想法做的，直至最后杀死了父亲。归根结底，我是一直压制父亲的暴君。现在，我才意识到这一点，但是已经无法求得原谅。我还没有决定要去哪里，如果实在无处可去，我只能追随父亲而去了。父亲见了我，会是什么表情呢？这让我害怕，也让我好奇。尽管如此，我是爱父亲的，即便这份爱曾经让父亲痛苦……

墙

1

他走进会见室，透过窗棂看到我，似乎感到意外，看了看带他来的教官。他只不过穿了嫌疑犯的囚服，表情却非常平静，与我在咸牧师的追悼会上见到的生硬、敏锐的神情截然不同。

“所长特别关照，想说什么尽管说。”

尽管教官很热情，他却垂下眼帘，似乎毫无兴趣。

“到底是怎么回事？”

说他是杀害养父咸牧师的犯人，我怎么都无法相信。他默默地看了我一会儿，嘴角浮现出奇怪的微笑。

“那么忙，还来干吗？不管怎么说，多谢了。”

他好不容易挤出这么一句，就把视线从我身上移开了。

“你委托律师了吗？有什么需要我帮忙的？”

我很清楚，没人帮他。他在孤儿院长大，后来被咸牧师收养，没有兄弟姊妹，没有近亲，和妻子也长期分居。

“我不需要律师。”

他的回答很简短。

“我不相信你做了那种事，而且……”

“别说了。”

他突然大叫一声，拦住了我的话头。

“就算有难言之隐，你也得澄清事实。所以……”

我希望他委托一个律师，积极地进行应对。看起来因为现在受到周围人的怀疑，他似乎失去了保护自己的意志。

独自居住在祈祷院的咸牧师死亡事件被判定为单纯的事故致死，他早已与母校——某医科大学的附属医院约定要捐献遗体，并已在一直工作到去年的教会做了告别礼拜。但是，咸牧师的独生女儿敬慧提出父亲的死有疑点，警察便展开了调查，最终确定咸牧师的养子——咸敬天有杀人嫌疑，并将其拘留。在调查过程中，警察查明，在咸牧师死前咸敬天去过祈祷院，这样一来，刚开始还坚决否认的嫌疑人最终承认了这个罪名。

可是，我不相信他杀害了咸牧师。

“我的事，明牧师你别管。身为牧师，你对我过分关照，会招致教众不满，也容易让故人的亲朋好友产生误会……”

他看着在场的教官，表示要结束这次探视。

“你一定要撑住。我还会来的。”

我点点头，表示明白他的意思，站起身来。咸敬天头也不回地走出了会见室。

他镇定的表情、平静的语气让我安心，同时又让我惴惴不安。被拘捕之后，他好像发生了很大的变化。高中三年级的时候，我和他在教会相识，到现在已经有了二十多年的交情。成为咸牧师的养子之后，他开始生活在良好的家庭环境之中，可是他的表情一直都很生硬、阴郁。他沉默寡言，说话时从不正眼看人，如果一不小心四目相对，他会立刻一脸惶恐地转移目光。他头脑聪明，做事踏实，学习成绩非常出色，却没有要好的朋友。不过，他和我相处得很好，相互之间能够推心置腹。

咸牧师的猝死让人们在精神上受到很大打击，他的养子被当作嫌疑犯拘留，更是推波助澜。

“他真的杀害了咸牧师吗?”

走出拘留所，我的脑海中又浮现出这个问题。探视时他对我的态度有些奇怪，他有话要说，却又隐瞒不说。

从一开始，我就不相信报纸上关于咸牧师事件的报道。我觉得，虽然咸敬天认了罪，在拘留所里等待判决，我仍然认为，要么他根本不是犯人，要么其中有着一般人无法理解的内情。今天见过他之后，我进一步坚定了这种想法。

2

早晨的祈祷会结束后，我回到教会宿舍。一进门，放在书桌上的手机立即响了起来，好像正在等着我似的。我看看手表，早上六点三十分，因为是早春，这个时间还是凌晨，对面 809 号楼后还黑黢黢的。我不想接电话，这时候打来的电话大都是信徒的讣告。电话铃接连响了三遍，可能在我回家之前电话就已经响了很长时间。我忐忑不安地拿起了电话。

“明牧师，我是敬慧。不好意思，一大早，打扰了。”

这是咸牧师的独生女敬慧的电话，我一直把她当成姐姐。

“父亲去世了，在祈祷院……帮忙干家务的大嫂发现了，虽然送进了医院……”

尽管接到了电话，我仍然无法接受咸牧师死亡的事实。

我开车赶往安放遗体的医院，但心情就像是去看望生病的咸牧师。到了医院，我还是无法接受他已经死亡的事实。人生在世，真的会发生许多令人难以置信的事。在此之前，咸锡荣牧师常常做出很多令人难以置信的事，连最后的死亡竟然也采取了这种方式。他的死让我体会到一种遭到背叛的感觉，与此同时，我回想起他生平的一些片段。

我最近一次见到咸牧师是在去年过年的时候。为了给他拜年，正月初二我往他儿子敬天家打了个电话，听说他前一天回了家一趟后又返回了祈祷院。我觉得他可能在女儿家，就又往敬慧姐家打了个电话，却得到了同样的回答。过年的几天，他也不在儿女家休息，立刻返回祈祷院，这让我对他的处境既纳闷又焦虑。

怀着复杂的心情，我和妻子一起前往祈祷院。一下京春国道，冬季白雪皑皑的群山和田野映入眼帘，十分秀丽，常绿树清凉的绿色让人心旷神怡。我一下子想到咸牧师似乎像极了它们，尽管还是干事业的年龄，他却潇洒地抛开了一切，他的心似乎在世人难以企及的远方。

从磨石左转走一段，我们来到了水洞公园，从那里再往山里走一点儿，就来到了祈祷院。祈祷院坐落在山脚上，与其说是祈祷院，不如说是一座乡村别墅。这时，咸牧师恰好独自走进院子，眺望白雪覆盖的冬季山岭，听到汽车声，便转过身来看。

“哎！明牧师?”

他喜出望外，两只手各抓住我们夫妻一只手。看来无论他如何超然世外，仍无法隐藏见到朋友的喜悦。我从他高兴的神情中感到他浓浓的寂寞，不禁有些哽咽。他一身韩服，背着手眺望白茫茫的远山，那背影就像叶片凋零的落叶松一样悲凉而顽强。

“一下雪，这里简直就成了世外桃源。”

牧师拉着我的手往屋里走的时候，我说了一句。

“是吗？哈哈。”

他的笑声听起来很空洞，看来他的心思并没有放在美丽的自然环境上，他来到这个僻静的地方原本就不是为了享受自然。

他是在韩国宗教界掀起牧会[①]新风气的首倡者，那是他全身心投入工作的成果。

“必须为了否认自我、超越自我，过着积极、变革的生活，才能做牧会。”

---

① 牧会，基督教指牧师负责教会布道或者指导信仰生活。

每次见面，他都这样劝勉既是弟子又是后辈的我。

不仅在宗教界，他在社会上也很有名望。二十世纪七八十年代，韩国政治社会一片黑暗的时候，他勇敢地反抗政治压迫，作为先知先觉者，发出了自己的声音。但是，他并没有加入浅薄的政治势力中，忙于沽名钓誉，他的言论从未脱离牧会者应有的方式和框架。教会的年轻人在他的人格滋养下成长，其中包括我和敬天。敬天不是把他作为养父，而是把他作为师长、牧会者加以尊敬和爱戴。我能够培养信仰、作为牧会者在社会工作，也都得益于咸牧师的教导，我认为这是一种福分。不过，让我困惑的是，当我正月初二在冰冷的房间里看着他时，我从他身上再也找不出昔日堂堂的气概，不知道为什么，他看起来有些卑微。

那是去年七月。

咸牧师让我到教会宿舍去见他，当时，他说要辞去现在的职务。那个教会是他三十岁出头时创立的，如今已经有八千多人加入，作为成功的牧会典范得到了大家的公认。况且他离退休还有七年时间，全体教众都把他作为真正的牧会者尊敬、追随，他根本没有任何理由辞职。

“我想休息了，我此前一直没有好好照顾自己。”

他辞职的理由很简单。对于他毅然决然的态度，我无话可说。

在此后的几星期里，他辞职的意愿遭到教众的强烈反对，我也试图让他回心转意。为此，我和他单独见了一面。

“以前我太不关心自己了。我想休息了，大家却不接受，这让我离开的时候也不能安心。看来都是因为我平日无德。”

咸牧师向我倾吐了郁闷的心情，没有了师母的家也让我备感凄凉。

“自从妻子出事之后，我一直在考虑辞职。我觉得，现在我应该做的是成为一只羊，而不是去牧羊。”

咸牧师坦率地说出了自己的处境。他说，自从去年春天妻子死于交通事故后，他一直都在想这些。对此，我无话可说。他毕竟也是一个人，可能也有不为人知的创伤，我并不了解他的处境。

“明牧师，如果我们不尽心尽力照料自己，归根到底就是没有真心照料主耶稣。因此，虽然我表面风光，内心一直都很空虚、寂寞。最近我才知道寂寞的真面目，它总是在对自己关心不够的时候出现，那就是我远离主的时候。现在我要离开这个教会，在扎根于我心灵深处的主的教会里对自己做牧会。”

我一时无法理解这话是什么意思，只是以为师母去世后咸牧师大概太孤独了。

“我拒绝教众的挽留，结果弄得各种流言满天飞。呵呵。”

他空洞地笑了。后来我才知道，有人说他辞职是为了再婚。他担心教众在感情上无法接受他再婚，所以就先辞去教会的职务，再婚后休息一段时间就去更大的教会。当然，后来证明这不是事实，教众们以小人之心度君子之腹，还把这用尊敬和爱戴包装了起来。

至今仍有很多人认为，他突然辞职，背后一定隐藏着某种迫不得已的秘密。

辞职后，咸牧师又一次让人们大跌眼镜。按照教会的惯例，在某个教会工作二十年以上的骨干牧师，辞职后也会被拥戴为那个教会的元老牧师，享受与在任时相同的待遇。可是，咸牧师连元老牧师的职务也拒绝接受。因此，教会付给他一笔不菲的退休金来代替，他却把一大半退休金捐给了教会，下决心用剩下的钱到乡下买一处可以祈祷、读书的房子。教会方面感到十分为难，表示要在教会的祈祷院里单独为他腾出一处房子，供他使用，他也没有接受。最后，教会改建了教众中一位长老的别墅，恳请他使用，他才勉强答应下来。就这样，咸牧师来到了这个祈祷院生活。

在他辞职后的一段时间里，经常有教众成群结队地去看望他。他明显地表现出不欢迎的态度，后来就再也没人去了，偶尔只有干家务的妇女出入，咸牧师基本上都是一个人生活。

这座建筑是一个总面积四十多坪[①]的二层砖楼，一楼有厨房和几个房间，二楼有一间约十五坪的卧室兼小型会议室。刚开始，咸牧师还说要时常邀请前辈元老牧师同吃同住，聊天解闷儿，可是在他的房子里转悠一圈，根本没有这种迹象。

---

① 坪，韩国传统面积单位，1 坪约等于 3.3 平方米。

房子里面和外面一样冷冰冰的。咸牧师把廊台上的煤气暖炉搬进房间，点着火。

“这里有锅炉，不过我最近正在进行耐寒训练……”

我听说一直有村里会干家务的妇女每天来帮忙干活儿，咸牧师的生活没有什么不便之处，看来事实并非如此。

拜完年，牧师起身说要准备茶水，妻子拦住他，自己去了厨房，一会儿端着人参茶进来了。从妻子的表情来看，她很不满意。

“这段时间过年，我就让村里来帮忙的大嫂休息几天……”咸牧师敏锐地察看着妻子的神色，窘迫地解释说，“明牧师也知道，以前我做牧会，却一直不知道什么是吃苦，不知道挨饿受冻有多么痛苦，所以过去所做的那些都是假的。我根本不知道主耶稣在世界上遭受的痛苦和孤独，却以主的仆人自居，这让我羞愧难当。所以，尽管是亡羊补牢，我最近在特意进行这种训练。不过，这也仅仅是一种形式，穷得吃不上饭和有饭不吃有很大差别。”

咸牧师扫视着冰冷的房间，解释自己为什么过这样的日子。我们夫妇和他聊了一会儿，就留下一句“祝您健康”，离开了祈祷院。在回来的路上，我仍然无法理解他为什么要这样生活。

“这样下去，咸牧师会出大事，得给敬慧姐说说，看看有什么办法。要是他半夜生病怎么办？得让照管房子的人常住在那里。厨房、冰箱里也没有吃的，好像咸牧师特意要这样生活。”

妻子描述了她短时间内看到的屋中情形，我大致想象得出来。我们来到村子里，找到了在祈祷院干活的大嫂，有一次妻子和敬慧姐一起来时见过那个妇女。

那是位五十多岁的中年妇女，她说，自己不去那个祈祷院已经有几个月了。第一个月，她每天都去，从第二个月开始，她三天去一次，又过了一个月，咸牧师告诉她不用来了。尽管如此，她觉得老人孤零零一个人怪可怜的，偶尔路过时进去看看。说到这儿，她啧啧咂舌，说那日子简直没法看。

她说的都是事实。我们把咸牧师的情况告诉了他的家人和教会。此后，我考虑什么时候再去看望他，没想到却收到了他的讣告。

3

咸牧师制造的爆炸性事件让聚集在医院的教会有关人员和家人、亲戚朋友又一次感到好像遭到了严重背叛，呆呆地不知所措。咸牧师已经把遗体捐献给母校的附属医院，剩下的若干遗产全部捐赠给了他曾经攻读神学的神学大学做奖学金。他的儿女经济上都已经自立，生活没有什么困难，所以毫无异议地遵从了故人的意愿。可是，他至死都背叛大家的做法使我无论如何难以接受。

在遗体告别仪式上，我负责介绍他的生平经历，因此更觉得无比困惑。他真正做到了赤条条来去无牵挂，连自己的肉体也奉献给了别人。

他出身于一个富裕家庭，是家里的次子，从名牌大学毕业之前，他一直不知道世间的高低贵贱。他进入神学大学就读之后，周围的人都希望他出国留学，成为一名神学者。他有着睿智的头脑，做事严谨、踏实，经济条件也很优越，完全可以走做学问的道路。可是，他辜负了大家的期待，主动选择做贫民牧会。经过一段时间的磨炼之后，为了独立做牧会，他创设了一个教会。他将从父母那里继承的相当一笔财产捐给了教会。对于牧会者孜孜以求的博士学位、硕士学位，他一个也没有拿，而是专心做牧会。作为回报，五年之后，他建立的教会就拥有了一千名教众。这时，他新设了教会。此后，教众每增加五百名，他就新设教会，分出一部分教众。这样，他开设的教会达到了五个之多，我工作的教会也是其中之一。

然而，咸牧师遇到了一个严峻的考验，那是在他新建教会、举行入堂礼拜一个星期过后，他读高一的独生子——敬俊发生了意外。在学校结束晚自习回家时，敬俊在学校附近的汽车站等车，有几个初中生模样的学生在旁边的胡同口打架，其中两个学生在殴打一个年龄差不多的学生。体魄健壮又有侠义之心的敬俊走过去劝架，却被对方挥舞的刀子砍中，因为伤到了要害，送到医院后，他也没能抢救过来。

加害者是附近中学三年级的学生，在孤儿院生活。举行儿子的葬礼之后，咸牧师决定收养那个孩子做养子。当时那个孩子还在少管所，咸牧师还向有关机构提出申请，使他两年后获释，然后便将他收为了养子。

“收养你的不是我，而是主耶稣。从现在起，你不要对我和我妻子心存愧疚，你应该感谢的是主，一辈子尊敬他。儿子呀，从现在起，你就要开始新的人生。你不仅已经成为我们家的一员，而且你成了主耶稣家庭中的一员，是获得了救赎的新成员。为此，我把你的名字改为咸敬天。”

咸牧师在家人和亲戚面前宣布敬天成了自己的儿子。敬天在少管所已经和咸牧师见过很多次，并通过他信奉了主耶稣，因此，在新的家庭生活中他没有遇到什么困难。他在少管所已经通过了高中入学考试，获释后马上进了高中。我和他成为朋友是在高三的时候，后来我们都考上了自己喜欢的大学，积极参加教会的青年活动。

教众们尊敬这样的咸牧师，尽管他为人处事非常低调，这件事还是在世间广为流传，咸牧师成了话题的主角，不过他从未在自己口中或者文中提过这件事。敬天学习很刻苦，在教会和家庭中都适应得很好，让咸牧师夫妇一定程度上减轻了丧子之痛。

我极其表面化地向吊唁者介绍了咸牧师的一生，虽然有些事尚未在正式场合公开，但是此时此地，要对他在人世间结下的各种关系做一个了断，因此我都讲了出来，尽管敬天听着心里会不好受。对此，事先我已经和他商量过了。

“咸锡荣牧师在这个世界上生活了六十二年零七个月，在他的一生中，他一直积极地生活。现在他离开了我们，什么也没有带走，把一切都留给了生者，甚至把从祖先那里继承的财产也捐献给了教会。不仅如此，直到最后一刻，他都在教导我们主的爱是什么。他用死亡教导活着的我们：舍弃一切留下爱。有一段时间，他离开教会，独自生活在山村，尝试体验他一直未曾受过的肉体之苦。正月初二我去看望他时，就感受到了这一点……”

流淌的泪水让我再也无法讲下去了，关于他的介绍就此结束。

告别礼拜后的第三天，我接到故人的女儿敬慧的电话，与她见了面。

“明牧师，我怎么都觉得父亲死得蹊跷。最先发现他的大嫂说，进屋的时候发现有人去过的痕迹，门厅里有鞋印，院子里有车轮印。所以我要求警察对父亲的死因再次进行调查。这件事你知道就行了。”

敬慧本来就认为，父亲平时身体健康，也没有什么顽疾，没有理由在台阶上摔倒。她去祈祷院整理父亲的遗物时，恰巧从那个大嫂那里听说了这件事。

“咸牧师已经去世了，因为这种问题再让他成为世人的谈资……”

敬慧的话让我心里沉甸甸的。如今，咸锡荣牧师的事已经在这个世界上消失了，如果再制造事端，说不定他会再次背叛大家。

“我还是不相信父亲已经去世了，他不会就那样死去，必须查明事实。”

敬慧似乎完全不相信父亲已经死亡，好像要下决心找出失踪的父亲。

调查开始了。两天后，警察查出咸牧师的养子咸敬天在出事那天去过祈祷院，但是他坚称自己绝对没有杀害父亲。他没有杀害父亲的理由，退休金不是问题，平时他们父子之间也没有任何矛盾。然而被拘留四天之后，他承认自己杀害了父亲。不过还有疑点未能澄清。他自述在二楼勒死咸牧师后，将他推下台阶，但是接受遗体捐赠的大学附属医院方面却证实死者脖颈上没有勒痕。调查人员刨根问底，敬天保持沉默，这让调查人员慌了神儿。尽管犯人已经承认犯罪事实，但是杀人动机和杀人过程有疑点，证据也不够充分。

当我从朋友的朋友——负责这个案件的检察官那里大致听说这个情况之后，我判断敬天没有杀害咸牧师。首先，为了委托律师，我来到了敬慧姐家。

“就算为了咸牧师，你能接受他被自己那样疼爱的敬天杀害的说法吗？我觉得有疑点，可是敬天保持沉默，咱们是不是该委托律师弄清真相?"

对我的提议，敬慧先是默默无语，接着说："很久以前敬天就对爸爸、妈妈心怀怨恨，因为他们收养了他，让他永远无法从负罪感中得到解脱。去年，敬天夫妻之间的矛盾加剧，他的这种想法越来越强烈了。他表面上装得文质彬彬，其实心机很深，想法很复杂。父亲劝他学神学，他拒不接受，也是因为这个。明摆着，如果学了神学，杀害敬俊的负疚感会让他更加痛苦。"

这我还是头一次听说。

"不是的，我了解敬天。"

他甚至都没向我流露过对牧师夫妇的不满或者作为养子的苦恼。

"明牧师不知道，我妈妈因为敬天的问题有多么难受。都是因为父亲收养了敬天，才发生了现在的事。最近我才读到妈妈的日记，了解了事实真相。敬天难道就不知道妈妈的想法吗?"

敬慧的眼中泪光闪烁。这些话我第一次听说，日记?难道咸牧师留下了日记或笔记吗?迄今为止，调查还没有关注到这个问题。

"妈妈出交通事故也都是因为敬天。"

咸牧师的夫人在已故儿子的生日那天一个人开车去儿子的墓地，回来的路上被卡车撞了。平时她开车非常熟练，经常替丈夫开车。而且她做事稳重，这次竟然闯红灯横穿十字路口，发生了事故，的确让人无法理解。

事故一发生，妻子去为儿子扫墓这件事本身就让咸牧师耿耿于怀，他担心敬天心里不舒服。

“妈妈得多么难受啊？身为牧会者的妻子，却对养子没有丝毫的爱，每次看到这个儿子，眼前就浮现出被他的刀捅得鲜血淋漓的敬俊。她怎么可能爱敬天呢？妈妈比爸爸性情更加直率，戴着假面具生活得多么艰难。”

“别这么说，这是对已故者的不敬。”

我不愿意听敬慧说这些。

“明牧师，你读读这个。”

敬慧走进里屋，一会儿拿来几本大学笔记本，推到我的面前。

那是敬慧的母亲抽时间写的备忘录兼日记，记录了每天发生的重要事件，有些细致地表达了生活中的情感。

敬慧打开笔记中折角的地方给我看：

——敬天考上大学了，我突然想起了敬俊，不觉心如刀绞。主啊，可怜可怜我吧，原谅仍然沉迷于过去的我，让我赶紧敞开心扉，接受敬天吧。

另一份笔记中写道：

——今天是敬俊二十二岁生日，丈夫似乎故意装作忘记了这一天。敬俊已经去了天国，正参加天国的宴会，人世间的生日又有什么意义呢？可是我今天特别想念敬俊，什么事也干不成。我真后悔，自己为什么是牧会者的妻子？那位要学神学的时候，我为什么不拼命反对？是被爱情蒙蔽了眼睛吗？毕竟那时候我们才在大学里认识了两年。如果不是牧会者的妻子，我无论如何不会接受敬天的。把对他的憎恶包装成关爱给别人看，实在太痛苦了。如果敬天惹是生非、招我厌烦反倒好，可他是个好儿子，所以，我就更加难过。

——主啊！请原谅这个罪人邪恶的心灵吧。我为什么这样？我很难过，怎样才能摆脱心灵的枷锁，接受敬天，把他当成亲生儿子呢？

——敬天的婚期定下来了，他不仅成了我们家庭的一员，现在都要结婚了。感谢主。……今天，我去百货商店给儿媳妇买彩礼，心里想的是如果这是敬俊的婚礼有多好，一度忘记的感情又涌上心头。……人们都说咸牧师像个圣人，我害怕听到这种话，因为他竟然宽宏大量到可以收养杀死亲生儿子的仇人。他难道不像我一样对敬天怀着矛盾的感情吗？他简直是铁石心肠！有时候，我觉得他十分可恨，令人厌恶。他压抑着自己真实的感情，他太可怕了。主啊，对我来说这个负担太沉重了。主啊！请给我减轻一些负担吧。

在每个月的日记中，总有一两次写的都是对敬天的矛盾心理。读着备忘录，我的心在颤抖。那位总是带着平和的笑容像修女一样出现在我们面前的师母心情竟然如此烦乱，这本笔记真的是师母的吗？

“敬天来了以后，妈妈好像天天都想着敬俊。因为他不是死去、消失了，而是被另一个儿子代替了，那个人就在身边，妈妈就更加思念敬俊了。虽然不是天天如此，反正只要面对敬天，妈妈就想起敬俊，产生对敬天的憎恶。为了压抑这种感情，妈妈不得不忍受更大的痛苦，此外，她还对自己没有能力克服这种感情而自怨自艾。如此一来，妈妈承受了二重、三重的痛苦。”

敬慧呜咽起来。

“出交通事故的那天，可能是因为刚给敬俊扫完墓出来，妈妈精神恍惚，连人行横道线上的红绿灯都没看清。”

读完师母的日记，我理解了师母的处境。

“咸牧师也看过这本笔记吗？”

我想知道这一点。

“这是妈妈去世后爸爸整理妈妈遗物时翻出来的，他应该看过。这还是我从父亲那里拿到的……”

“他没说什么吗？”

“他把这个和妈妈的其他遗物一起交给了我。就算爸爸读了日记，他又能跟我说什么呢？爸爸这才知道母亲的真实想法，应该很痛苦吧。”

“咸牧师决心辞去教会的职务，是不是也和师母的日记有关?”

“以前他也常说想休息一下，他和妈妈从来没有安心地出去旅行过……”

敬慧说，自己似乎能想象得出当时父母如何生活了。

我突然意识到，咸牧师之所以一辞职就在祈祷院里过起苦行僧般的生活，可能是因为他得知了师母的死亡及相关真相。敬天也可能多少知道咸牧师夫妇的状况。

我想见见敬天。

4

今天，我第三次去见敬天。敬天走进会见室，看到我之后，微笑着点了点头。他的表情比以前柔和了许多，让我感到欣慰。

“谢谢你各个方面为我操心。我近来心里很坦然，不用太担心。”

他正视着我的脸，心平气和地说。可是“近来心里很坦然”这句话听起来怪怪的，难道说他在进拘留所之前活得很痛苦吗?

“真是人心难测啊。也许你听着有些奇怪，去年去世的师母留下的遗物中有一本日记……”

我装作不经意地提起了备忘录。

“妈妈是个了不起的人。可不管怎么说，她也是个人。把杀死自己儿子的我当成儿子，她该多么痛苦！对这一点，明牧师应该比我更清楚……”

他好像已经知道了日记的全部内容。

“或许你也知道师母的那本日记？”

他没有回答，而是把目光转向了窗户那边。他似乎知道日记的内容，也许是咸牧师告诉了他。可是，我没能问出口，我害怕从他的口中证实自己的推测。

“现在两位老人都走了，咱们可以更自由地聊聊了吧？我想知道你的真实想法。任何人都无法想象你和咸牧师一家一起生活的痛苦，尽管我略知一二。”

我提起了话头，期待他的心变得单纯。

“明牧师是不是听姐姐讲起了母亲的日记本？”

他冷不丁地问道。我一时语塞，犹豫一会儿，点了点头。

“既然读了，你就知道了。请不要误会日记中流露出的一颗母亲的心。在这一点上，其实母亲比父亲更有人性，因此我敬她、爱她。”

“你也读过了？”

我的心一下子哗地沉了下去。如果敬天读过那本备忘录，说不定他真像警察起诉的那样，杀害了咸牧师。

“我没有直接读过，是从父亲那里大致了解了里面的内容。父亲决定辞职之前和我商量过，说母亲因为我心里很难受，还说他知道了母亲的真实想法之后，再也不能继续做牧会了。他说，自己对妻子都不能给予真正的安慰，牧养七千多只羊要么是贪念，要么就是逞强。最终，他向教会表明了辞职的想法。”

听了这话，我眼前一片模糊，咸牧师的坦率又一次让我大吃一惊。

“听了这些，我再次感到父亲是多么了不起。有时候，我能从母亲的脸上感受到奇怪的情绪，后来才知道，那是因为她无法抑制对我的憎恶之情。父亲却从未表现出这些，还和我商量辞职的事。那时候，我切身体会到自己是咸牧师的儿子。”

我默默地听着，在他们的坦诚面前，我的心微微颤抖。

“咸牧师知道了师母的这种心理之后，心里该多难受。现在两位都离开了我们，你也知道了，隐藏真心生活是多么痛苦的一件事。现在你不要遮遮掩掩，把一切都说出来吧。无论是敬慧姐还是我都不认为是你杀害了牧师，肯定有什么隐情……”

我一着急，他就微笑一下，开了口。

“听父亲说要辞去教会的职务，我就回家细细思考这个问题，想着想着，竟然开始憎恶父亲。这种心理真的莫名其妙，可能是因为我的私事也纠缠在其中，发挥了作用。你也知道，我现在和妻子处于分居状态。尽管我不动声色，其实在母亲的葬礼之后，发生了好多事，比如父亲辞职，等等。自从我被关进来之后，妻子一次也没来探视过。分居的理由是我隐瞒了是咸牧师养子的事实。你也知道，我们夫妻结婚是父母做的主，我们交往一段时间后结的婚。发生这件事之后，我感到很疑惑：为什么两位老人不把我的情况如实告诉对方？如果父亲因为母亲的事而自责，那么对自己的儿子——我的事为什么毫不自责？把我介绍给未来的新娘时，不向对方一家说清楚我的情况？这么一想，我就觉得伤心。话说回来，如果说是母亲的事导致父亲辞职，我总觉得什么地方解释不通。应该怎么说呢？好像应该说是因为在主面前向善的信仰洁癖之类。他认为，自己连妻子一个人都无法引导到主的恩惠和仁爱中生活，却试图给予数千名教众平安与安息，这种牧会态度是一种贪欲或者逞强。想到这里，我突然难过起来。”

敬天滔滔不绝地说着，就像事先准备好了一样。说到这里，他看了一眼我的表情，突然压低了声音。

“实际上，我这么说终究只是一种感觉，是对已故者的不尊重。不过见到你，我就不经思考地说了这么多。如你所知，我从两位老人那里得到了人所能得到的最高的爱，因此我满心感激。在这种爱中，到底掺杂着多少真实、多少虚伪，谁又能分得清呢？只有上帝才能作出判断……”

他态度从容地讲完自己的话，没有给出明确的结论。我觉得他的话可以相信，尽管这是他第一次用不满的语气谈到咸牧师夫妇，但是他说理解养父母似乎都是真心话。

“我为两位老人的去世提供了诱因。如果我没有成为他们的养子，时至今日，他们可能已经摆脱了敬俊之死的阴影……”

他苦笑了一下，呆呆地望着天花板。

“你想这些都没用，因为是咸牧师选择了你。对两位老人不要有太多歉疚。”

说完，我觉得一下子轻松了。

虽然我不知道他对养父母怎么看，但是我更加坚定了自己的想法——他至少没有杀害他们。

5

第一次审判只传讯了证人，三天之后，我去探视敬天，劝他在法官审理时只陈述事实。第二次公审在两个星期之后。

我见到了他的律师，把这段时间与他见面时交谈的内容全部告诉了律师。律师也认为他没有杀害咸牧师，只是在咸牧师死亡之前，他肯定去过祈祷院，在那里他们两个人之间究竟发生了什么，敬天却始终保持缄默。警察认为，为了不留下物证，他用某种巧妙的方法谋杀了咸牧师。

第二次公审前两天是星期一，对牧会者来说，如果没有什么特殊的事，星期一是休息日。一大早，我就有些兴奋，因为我猜到了敬天为什么拒不回答这次事件中的关键性问题。

吃完早饭，我正想出门，敬慧姐打来了电话。

我说自己正在去拘留所探视敬天的路上，她说先见个面。在到首尔拘留所之前，我们在果川政府综合办公楼站旁边的一个宾馆咖啡厅里见了面。

“在这件事中，明牧师为什么这么关心敬天？”

一见面，敬慧就摆出一副不依不饶的架势。

“我觉得敬天在隐藏什么，而且他很可怜。”

“那去世的人呢？”

敬慧毫不掩饰地对我的行为表示不满。我困惑不解，难道弄清敬天的真实情况会玷污故人的名声吗？

“你难道不了解情况吗？把我们家弄到这步田地的罪魁祸首是谁？敬天如果没有来到我们家，就不会发生这些事吧？”

“那是咸牧师的意思，不是敬天的选择。其实从敬天的角度来看，如果……”

我正想说下去，但是敬慧惊愕的目光让我闭上了嘴。

“从敬天的角度来看怎么样？”

她怒视着我的脸，厉声质问。我想起了上次敬天说的话，不过不能照搬他的原话。

“你的意思是如果他没有成为养子，会自由得多。从少管所出来后他会怎么样呢？自由是自由，不过，恐怕他无法摆脱人渣的生活吧。不是吗？”

“大姐，你言重了。按照你让我看的师母的日记来说，敬天来到你们家后，师母精神上承受了二重、三重的痛苦，敬天也是一样，他不是个心胸狭窄的人。怀着对长辈的负罪感，他难道能活得轻松愉快吗？从这个角度来说，反倒是接受法律应有的惩罚之后，心理上的负担会轻一些。”

我坦率地说。

“‘会自由得多’，这话是敬天说的吗？”

“不是。敬天对两位老人十分感激，即便师母无法完全接纳他。越是这样，敬天越是努力理解两位老人，爱两位老人。”

“难道他是因为爱杀死了爸爸吗？”

为了控制激动的情绪，敬慧的嘴唇不停地抖动。

“敬天怎么会真的杀害咸牧师呢？”

“如果他没有杀害，那他为什么要认罪呢？”

“他有杀人动机吗？家里的事，大姐不是都知道吗？”

她不做声了。如果没有动机，那么敬天自称杀人就是假的。

“当然，他承认自己是杀人犯，肯定有某种原因，我也劝他说明这一点。”

“应该是对父亲的怨恨，因为他认为父亲让他一生都背负着负疚感。”

“怨恨？”

我心里一激灵，或许敬天真的一直怀着这种感情。即便如此，他难道会对孤零零生活的咸牧师下得了手吗？

“不管怎么说，把我们家弄到这步田地的祸根是敬天，不知怎么搞的，把我们家整到了这副境地！”

情绪激动的敬慧姐抽泣了起来。

在前往拘留所的路上，我心乱如麻，想起敬天的处境，感到十分茫然。他和妻子走到了婚姻的边缘，养父母离开了人世，敬慧也看他不顺眼。就算他被宣告无罪释放，也无法摆脱更沉重的自责和愧疚感，他会一辈子生活在人间地狱之中。

见到他，我发现他表情很开朗，我没有提起见过敬慧姐的事。正当我琢磨着该如何让他开口，他却先打开了话匣子。

“我最近才领悟到，就算是爱别人、理解别人，如果对方不接受，这种爱和理解反倒会加深对方的憎恶，引发矛盾。”

我知道，他现在真的要说出自己想说的话了，一下子紧张起来。

“每次见到你和律师，我都在思考自己与父亲、母亲的关系。一方努力去爱和理解，另一方却没有做好接受的准备，只把对方的努力看作束缚自己的枷锁，所以总是感到不安，并且认为不安的根源都在给予爱的一方。因此，越是这样，不安就进一步转化为憎恶……”

我立即察觉到这不是他的真心话，即便咸牧师夫妇和敬天之间真的是这种关系，他现在说的也不像是实话。

“更要命的是，我并不知道父亲、母亲也是平凡的人，而是把他们当成了从天而降的天使，所以，他们给予我一切，我却无法完完全全地接受他们的真心。”

他深深地呼出一口气。

“不管结果如何，我只告诉你一个人，可是，这些话有辱故人的名声怎么办？但就算如此，我也只能说出来了。”

他干咳了一声，就像讲别人的事一样讲述那天的情形。

星期六下午，敬天去祈祷院看望父亲，离上次去已经过去了很长时间。父亲搬到祈祷院后这段时间，他没能用心照顾父亲。他和妻子闹分居，父亲对此也有些歉意，两个人见面不那么轻松。

新员工的进修活动在清平附近的自助宾馆举办，敬天负责讲授营业实务，正好有一个多小时的空闲，为了见父亲一面，他来到了祈祷院。

到了之后，他才意识到，自己对父亲太冷漠了。早春的山村还有些寒意，周围光秃秃的树木和冰雪覆盖的山峦荒凉冷寂。也许是因为人迹罕至，低矮的篱笆环绕的房子像无人居住的荒宅一样凄冷。

敬天走进院子，屋里仍然一片寂静。他干咳了两三声，依然毫无动静。门厅的门开着，他悄悄走了进去。一楼的房间空着，他小心翼翼地沿着通向二楼的楼梯向上走，这时传来了低低的祈祷声。走到二楼走廊前，敬天也合起双手闭上眼睛做祈祷。这时，他听到了祈祷的声音。

“主啊，请原谅我的罪恶。一直到现在，我都没有真正爱过敬天，没能把他抱进自己的怀中。遵从主的喻示，我收养了杀害亲生血肉的敬天，可是，直到今天，我还是不能把他当作儿子来爱。主啊，圣灵啊，请原谅如此邪恶、没有爱的人吧，请打碎我坚硬的心灵，请把主那无限的怜悯之心赐予我，让我真正爱上这个儿子。呜呜……”

父亲哽咽着祈祷的声音刺痛了敬天的心扉。

敬天的呼吸急促起来，他感到自己被一直披着虚伪外衣、像爱的化身一样生活的父亲背叛了，他不知所措，这比从母亲的日记上得知那种心理时给予的打击更大。他的眼前浮现出父亲在讲台上滔滔不绝地宣扬主的圣意的样子，他觉得那就像娴熟地戴着假面具演戏。他越想越觉得愤怒、委屈，一直以来，他都因为无法完全接受父亲的爱而感到愧疚，想不到却一直被他的表演欺骗。

不知不觉间，敬天哗啦一下推开房门，走进房中。正在祈祷的牧师回过头来，他从敬天布满血丝、怒视自己的双眼中感到了杀意。

“戴着假面具的背叛者！”

敬天是不是冲着咸牧师高喊了？他记不清了。他盯着父亲，呼呼地喘着粗气转过身，背后传来了一声惨叫——“敬天”，但是他头也没回地跑下了又高又陡的楼梯。这时身后又传来了喊声，接着是一声沉闷的“哐当”声。可是他没有回头，径直跑出屋子，开动了汽车。

那天晚上，他喝酒喝到深夜，回到家后便听到了父亲去世的噩耗。

讲完这些，敬天表情平静，轻轻闭上了眼睛。

“大概是他急急忙忙从后面追过来的时候在楼梯上摔倒了，他看到我怒目圆睁的那一瞬间，肯定十分慌张、吃惊。所以，也可以说是我杀了他。”

听到了自己曾经那么想听的真相，我却无言以对。敬天无法接受咸牧师在主面前坦白的真实内心，他当然无法接受，毕竟他也是人啊。

我走出会见室，一股寒意迎面袭来，难道是嫉妒花草的倒春寒在作祟？在我的眼前，在孤独和痛苦中度过一生的咸牧师、他的夫人与身穿囚服的咸敬天的脸重叠在一起。因为我们是懦弱的人类，所以就难以承受真相吗？主啊，可怜可怜我们吧。这是我作为牧会者的祈求。骤然之间，一阵孤独感涌来，仿佛自己是一只折翼的鸟儿，艰辛地站在光秃秃的树枝上仰望天空。

假如我们化为雨水在大海中相遇

1

前来探望的亲戚们三三两两地离开了，病房里只剩下了妻子和小姑姑。

“哎，侄媳妇儿，今天你回家歇歇吧。嫂子，好久没有和二儿子在一起了吧。”

电视上的九点新闻一开始，小姑姑就拉起在病房守护了好几天的妻子。可能是因为刚打了针，母亲平静地躺着，用昏花的眼睛看着她们，微笑着送别。我来到走廊送走了姑姑和妻子，又返回来。刚才还热热闹闹的病房一下子变得寂静无声，让我不觉停下了脚步。一个念头浮现在脑海中：说不定今天晚上是我和母亲在这个世界上一起度过的最后一个夜晚。一瞬间，我发现自己如此无能，不能为毫无防备面对死亡的母亲做一丁点儿事，这种无能为力的感觉紧紧地缠绕着我。原来，所谓父母与子女之间的关系只不过是一起度过生命的最后一夜啊。

星期一，我接到哥哥的电话，说母亲再次住院了。当天，妻子先回了老家，我今天下午才回来。虽说母亲八十五岁，已经算是高寿了，可令人焦虑的是母亲离去的过程非常痛苦。葬礼已经准备好了，你心里有个数。这是晚饭时大哥酒后说的，流露出难过的心情。我无言以对，只是决定代替在病房里看护了好几天的妻子陪母亲一夜，除此之外，我什么也做不了。

去年二月底，我当高中老师时的学生——慈惠医院的宋院长打来电话。先是一番礼节性的寒暄，然后，他停了一会儿，好像要提什么为难的请求。

“老师，您最近不回老家一趟吗？”

我以为他要托我给他的朋友做主婚人什么的，就开玩笑说：“你让我回去，我就回去。”

“您家老太太今天下午到我们医院来了，老人家的情况很不好。我本想明天与您家大哥联系，觉得还是先跟老师您……老太太可能是怕儿女们担心，好像是自己来的医院，还嘱咐不让说她来过医院。不过，也不是很急，您什么时候有时间回来的话……”

打完电话，我思忖再三，感觉不妙。他既然特意给我打电话，看来不是一般的病，他又说不急，这岂不是说没有希望了吗？

此前，我对母亲的健康一直漠不关心，偶尔给大哥打个电话问候一下，听到的总是她得感冒卧床休息或者关节炎犯了，都是年纪大的缘故，反正也治不好了，等等。儿女对母亲健康的关心不过如此。如果直接打电话问她，她总是说，你们多注意，我都一把老骨头了，要是病得厉害就给你们打电话。她丝毫不透露自己的健康情况，反倒为身子病弱常跑医院的我担心。

第二天，我坐飞机回到济州，见到了宋院长。

“已经错过治疗阶段了，老人家年纪又这么大了，做手术没多大意义，做化疗也只是白受罪。除了让老人家走得舒服点儿，没有别的办法。要是去首尔的大医院，肯定让她做手术。不过，据我看，最多还有六个月时间，就算做了手术，这个年纪也不会有什么效果。癌细胞已经扩散到整个胃部，很可能已经转移到其他内脏器官。可是，病情到了这个地步，老人家竟然不知道，真是怪事。听她说，偶尔胃里难受，消化不好，她还以为是因为年纪大了，很正常。”

院长拿着透视的片子对诊断结果进行了详细的说明。

“母亲知道吗？”

“她不知道。我给她开了七天的药，告诉她，药吃完或者疼得更厉害再来医院。”

“真是惭愧。”

母亲病到了这种地步，做儿子的我竟然不知道，我感到无地自容。

“听说老人家一个人在乡下家里住，肯定是因为在儿女家住不方便。在我这个当医生的儿子面前，我母亲也不愿意让我看出有病。这都是天性。有的老人只要稍微有点儿异常症状，就闹得全家不得安宁，儿女、侄子、弟弟、妹妹们都来医院，有的老人却尽量不告诉别人，这种情况下儿女就很难知道他们有病。”

“那该怎么办呢？”

“让她吃容易消化的食物，吃点儿助消化的药，再时常吃点儿止痛药，哄着癌细胞别闹事。要是想和癌症决斗，病人就更受罪。”

与母亲的病情相比，我想得更多的是作为儿子颜面扫地。人们会说：堂堂神学大学的教授兼牧师怎么对自己寡居的母亲这样冷漠？像医生说的那样，母亲哄着癌细胞坚持了一年零四个月。

院长进来了，后面跟着的护士向母亲的吊瓶里加了药。院长察看了一下药物滴落的情况，又用小手电照射了一下母亲的瞳孔。

“奶奶，不疼吧？今天夜里首尔的儿子回来了，您一定很高兴。好久没聊了，今天好好聊聊吧。我们老师来济州和奶奶在一起的时间不多吧？他那么忙。我也是好几年没见他了，这次都是托了您的福。”

听院长毫不见外地这么说，母亲点点头，舒展深深的皱纹微笑了一下。

即便我偶尔回老家，也多是回老宅子待一会儿，向母亲问个好，回宾馆睡觉。我觉得，母亲既然拒绝搬到大哥家住，坚持一个人守着老宅子住，那对她来说，为儿子准备一顿饭也很麻烦。而且，为了生计，与母亲相比我必须见的人多得多。

“有儿子在身边，不疼，心里舒坦。”

母亲拉着我的手，对医生表示感谢。

“就算这样，老师可不能一直待在您身边。”

院长怕老人要赖，抓住儿子不放，先摆出了医生的权威。

“明天就让他走，反正他在不在和我的病好不好没关系。”

“您说得对，等您的病好了，就去首尔，住在儿子家里，长命百岁。”

院长再次察看注射药在正常地滴，就离开了。母亲对这句话没有反应，从母亲的脸上，我看出她已经断了一切念想。

“打了止痛药，老人家能好好睡上一觉。要是夜里疼得厉害，就找我。”

院长安慰跟到走廊的我。我本想问问母亲还能撑几天，却没能开口，我担心这样问会让人听起来像是盼着母亲早去世。

我一回病房，母亲就让我合上眼睛睡一会儿，接着她就闭上眼睛睡着了。看着她的脸，我想到自己一直为纷杂的世事而忙碌，却未能关心母亲，不禁悔恨交加。

“叮铃铃。”

晚饭后分手的大哥打来了电话，我拿着手机走出了病房。

“是弟弟吧？怎么样，能撑得住吗？半夜母亲疼得很厉害，你一个人不一定能行，在旁边看着都难受。”

大哥大概觉得弟弟在病房守一夜的想法不大妥当，像是以工换工，而且，在临终的老人身旁守一夜，并不能减少病人的痛苦。吃晚饭时，当我表示要在母亲病房守候时，大哥就进行了劝阻，认为没这个必要。实际上，他是对我假惺惺装门面的行为看着不顺眼。没关系，大哥和大嫂为了照顾得病的母亲已经受了很多累，只不过一夜，没什么难的。我明知哥哥怎么想的，却不肯放弃自己的想法。作为当地有名望的士绅，大哥在为人处世方面向来滴水不漏。可是母亲病情这么严重，做儿子的他竟然毫不知情，这让他在亲朋好友面前颜面扫地。三兄弟都那么有出息，母亲病到这个程度，却没人知道，可见他们对父母的事情多么不上心啊！就算周围的人这样指责，我们也无言以对。所以，大哥想让弟弟也和他一起丢丢脸。

"美国来了电话，老三用抗议的语气责问母亲都病成这样了，咱们是不是准备袖手旁观，还说要把母亲接到美国的医院接受检查。要是真想这么做，他就该在母亲七八十岁之前发邀请啊。他能去美国，都是沾了谁的光呀?"有一次，大哥在电话里发泄了一通对在美国的弟弟的牢骚和不满。我知道，这也间接表达出他对我以工作忙为由疏于照料母亲的看法。我们家父亲不在，小弟弟还能去留学，都是亏了大哥的理解和支持。弟弟在美国完成学业后，进了一家著名的美国公司，拿上高额年薪。针对小弟弟，大哥道出了守在老家的长子心中的不快，同时也说给我听。

母亲的病情传开之后，亲戚和周围的人说了不少闲话。我和大哥听从大夫的劝告，慎重地放弃了治疗。之后，我们兄弟几个或许把更多心思花在了表明自身的立场上，而不是为母亲治病方面。在这一过程中，小弟弟邀请母亲去了美国，让她游览了一番，还在癌症专门医院接受了综合检查，得出的结论是最长能活六个月。他哭着抗议哥哥们都干什么去了，让母亲病重到这个地步。做哥哥的没能做出任何解释，我更是无言以对。

我想来想去，想把母亲接到首尔一起住几个月，就试探了一下母亲的想法。她欣然应允，和我约好，从美国回来就直接来首尔。可是，她没有履行这个约定，她说家里空了太长时间，自己有很多事要做，想过了夏天再来。但是夏天一过，她又说自己年纪大了，又有病，离家在外，万一出了什么事，怕给二儿子添麻烦，不到首尔来了。我心里不痛快，就让妻子每两周回趟老家，住两天再回来。后来，母亲觉得儿媳妇来也是个负担，坚决要求我们别再这么做。

“好吧，那你多受累。有事儿联系。”

大哥的长电话终于打完了，我觉得空落落的，走进病房看看，母亲正在酣睡。我把耳朵贴近母亲的脸，她的呼吸声钻进我的心脏。我平躺在简易床上，听着在自己空落落的胸中回响的风声，很想和母亲一起入眠。

2

睡了一小会儿，我睁开眼睛，黑漆漆的病房陌生而寂静，仿佛一切都已停止。我的心扑通沉了下去，便一骨碌坐起身，摸索母亲的脸。母亲平平地躺在那儿，眼睛闭着。我感觉自己看到的像是尸体，一下子害了怕，赶紧抓住老人露在毯子外面的手。手是温热的，说明母亲还活着。我低头看着母亲熟睡的脸，突然发现这张脸和我记忆中的母亲大不相同，不禁大吃一惊。在蜡黄的皮肤上稀稀拉拉地冒出几颗黑色的老人斑，脸瘦得皮包骨头，面部骨骼清晰地暴露了出来，看起来十分骇人。她已经一个多月没有进食了，未能摄取足够的食物，肉体也就徒有虚名了。从母亲陌生的面貌中，我意识到，我们母子的关系已经发生巨大的变化。

我曾经相信，母亲永远不会死，我也不会死，母亲和我永远生活在一起。可是现在我在母亲身边，母亲却变成了另一个人。

我对母亲的第一份记忆大概是三岁的时候。三岁的事当然不可能记得住，可是因为后来周围的人经常提起这件事，所以三岁时的那份记忆到现在还历历在目。小时候，每当我淘气得厉害、惹出祸端的时候，母亲就责备格外调皮的我："你吃奶吃到了四岁，贪心得连弟弟的那份也吃了……"

我吃奶也很特别，这我现在都记得。我在哪里玩着玩着，从外面回来的母亲一进院子，我就赶紧走上廊台，缠着母亲要奶吃。宝宝，等会儿给你吃。母亲说。我仍然哭着要母亲来到面前，让她站在檐下的石阶上，扒开她胸前的衣服，在廊台上站着吃。母亲柔声告诉我，坐下吃，我也不听。有一天，我在廊台上贪婪地吃奶的时候，头顶上滴落了一颗水珠，把我吓了一跳，我叼着奶头抬头仰望母亲的脸，发现她眼含泪水低头看着我。她为什么哭呢？我想不明白原因。直到十三岁离开母亲的怀抱出去读初中时，我才知道了原因。原来母亲生下弟弟不到一百天，弟弟就死了，每次奶胀的时候，母亲就想起弟弟，心里难过。幸亏有个贪心的儿子吃奶，母亲的奶不胀了，可是每次喂奶的时候，想起死去的孩子，母亲都心痛难忍。

“看你那么贪心地吃奶，我就知道，你命中注定离开娘的身边。”

送十三岁的我离开的前一天夜里，母亲又一次讲起了吃奶的事，提及了横亘在我们母子之间的命运。此后，只要我回老家，说起小时候的事，母亲就常常讲起我贪嘴吃奶的事以及对儿子离开母亲独自闯荡的牵挂。

一个青年为了躲避战乱逃到济州，在我家里后屋住了一年。他在村里建起教会，我把他当成叔叔一样，整天跟在他屁股后面。去首尔的时候，那个大学生请求家里的长辈同意带我一起走，因为那是我的愿望。被抓走的父亲最终也没能回来，我明知独自养家的母亲没钱供我去首尔上学，却坚持要去。

那时候，我讨厌家乡，讨厌没有父亲的家庭。没父亲的孩子本就要承受很多痛苦，而当我隐约得知父亲是“暴徒”之后，还要时常上街，挥舞着太极旗参加倡议大会。有一天，同年级的孩子们追问我：“听说你那个当中学老师的爸爸就是个暴徒？”这对我来说太可怕，我不敢问任何人。在这件事平息之前，母亲分开抚养我们三兄弟，还有爷爷在分局的警察和军人面前抬不起头的样子历历在目，我略微了解了家里情形如此的原因。在学校里，我成了没人搭理的学生，在家里，两位爷爷严厉的目光和格外较真的母亲让我觉得压抑，我讨厌这样的家庭。有一天，来逃难的青年带我去了教会，在那里，我找到了天上的父亲，虽然不是亲生父亲，“父亲”那个词使我产生了触电般的感觉，一下子控制了我。上帝是永远的父亲。

如果是为了上大学离开家乡还好说，而我是去上初中，而且无法筹措到学费，却要跟着那个好心的青年去首尔，这哪里是外出读书，简直就是离家出走。即便如此，我也宁愿出走。狭小的岛屿、让人喘不过气的家庭、总是唉声叹气的母亲，我讨厌这样的家。成年之后，我才意识到，自己的这种选择归根结底是对母亲的背叛。

父亲是长房的独生子，却不顾家庭，追求革命，我无法理解父亲的做法。我觉得，离家的我在无意识中潜藏着出走的欲望，这很像父亲，但并非为了效仿父亲，而恰好相反，当然它也是二儿子普遍具有的特性。

此后，母亲的饭我吃得越来越少，对母亲的关注也越来越淡。离开家乡之后，随着时间的流逝，在我的记忆深处积累了很多与朋友和首尔的寂寞生活相关的东西，它们远远超过了关于母亲的记忆。随着年龄的增长，关于朋友、恋人、妻子、子女的记忆完全占据了我的时光仓库，关于母亲的模糊记忆留在一个角落。那也不是纯粹的记忆，而是父母和子女之间的伦理关系制造的某种生硬的东西。今夜，我之所以特意在母亲身边度过，大概就是为了在已经褪色的记忆仓库中再增加一份关于母亲的记忆。如今，即将了结和母亲的血肉之缘，我这才发现，自己的记忆仓库被一些乱七八糟的东西塞得满满的，关于母亲的记忆竟然那样微不足道。因此，今夜我想陪母亲度过，完全是为了我自己。

我无法入睡，过去的漫长岁月变成了一团糨糊，打乱了我的思路。我走到窗边，城市的一切都沉浸在睡梦中，寂静无声。医院的院子在夜间照明灯的照射下，好像处于真空状态。我感到，在这个空间里，永远延续的无限时间拥着死神一步步走近。这时，我把脸贴在玻璃窗上向外望，发现很多小飞虫朝水银灯飞着飞着掉落下去，来去匆匆、只有一天生命的小飞虫却活得如此轰轰烈烈。

“孩子，闭上眼睡会儿吧。”

母亲睁开眼睛，向呆呆望着窗外的我低声说。

“好，母亲睡的时候，我也睡了一会儿。”

我看着墙上的时钟，安慰母亲。

“儿子来了，连顿晚饭我都做不了。昨天的晚饭在哪儿吃的?”

母亲担心我的饭。

“我不是吃母亲做的饭长大的吗？您怎么还挂念做饭的事？”

母亲的担心让我心头隐隐作痛，便故意不耐烦地说。

“是啊，就算是自己的孩子，离开娘的饭锅，心也就走了。你们三兄弟当中，娘的饭你吃得最少。”

母亲一句话让我一下子回到了过去的回忆中。我的记忆中出现了母亲，那不是现在躺在病床上的这个母亲，这个母亲为什么如此陌生呢？难道正如有人说的那样，她以全然不同的面貌出现，只是为了在离开这个世界之前和留在世上的人割断联系？可是她为什么如此特别对我？我心如刀绞。

最近一次吃母亲做的饭是接到宋院长的电话回家乡的那天晚上，我推辞了宋院长请我吃晚饭的邀请，坐着他的司机开的车直奔母亲那儿。我想不出来该买点儿什么去，母亲现在吃不下任何美食了，我最终决定空手而回，因为我不想让自己用其他东西把近乎崩溃的痛苦心情伪装起来逃避。

从首尔出发的时候，我给母亲打了电话，她嘱咐我一定要回家吃晚饭，还加上了一句，自己最近什么也吃不下，空手来就行。然而，当我空着手走进越来越黑的村子，心情黯淡，空空的双手似乎让我感到母亲的不存在。在通向老宅的长胡同口，母亲在等着我。我哽咽了，都没能向司机好好道个谢。或许是因为周围太黑，平时就有点驼背的母亲显得更加瘦小。走进里屋，我向母亲问安，费了好大劲儿才忍住没哭出来。母亲还不知道自己的病情，在她面前我不能坦率表达自己的感情。

母亲给我做了我爱吃的方头鱼裙带菜汤和腌海螺，我就像小时候站在廊台上贪婪地吃奶一样，津津有味地吃了起来。母亲似乎很喜欢我吃饭的样子，一直坐在饭桌前呆呆地看着我，直到我吃完饭。

“正好有人送来几条方头鱼给我吃，我最近吃了也不消化，你走的时候拿回去，先放在冰箱里……”

为了忍住胸中涌出的悲哀，我没能答话。虽然我远离了母亲，母亲却还在原来的地方。

“从现在起，你回来一定得在娘这儿吃饭、睡觉。每次看见你，想起你一直离家在外，看别人的脸色，心里就难受……”

她连我有一次得了胃病受罪也归咎于离家在外没按时吃饭，认为责任在自己身上。

母亲一向身体健康，八十岁之前没有住过院，过起日子，桩桩件件，信心十足。作为长房儿媳嫁进门之后，她在兵荒马乱中失去了丈夫，年纪轻轻就开始守寡，但是她把三个儿子培养成人，无愧于任何人。有一段回忆让我一直铭记母亲的堂堂正正和聪明智慧。

那时候我们家住在镇上的公房里。深夜，房间里一阵骚乱，把我从梦中惊醒。我看到两个身强力壮的小伙子没脱鞋进了屋，架起父亲的两只胳膊就往外走。我只瞥见他们的背影，已经被吓得一动不敢动。正要跨过门槛的父亲回过头，好像在找谁。母亲摇了摇把脸埋进被子的我，把我叫醒。跟你爹告别。我似乎是在梦中听到了母亲低低的声音。那一瞬间，我从被窝里一下子跳了出来，抱住了小伙子的腿。别带走爸爸。我呜呜哭着央求他们，说什么也不肯放开小伙子的腿。嘿，这小子！年轻人咕哝着，端起肩上扛着的步枪对准了我。孩子！你爹明天早上就回来。母亲惨叫着推开枪口，一把抱住了我。母亲的惨叫让我一下子没了气力，松开了小伙子的腿。小伙子收起枪口，瞪了母亲一眼。母亲紧紧搂着我，母亲的怀抱是那么舒适、温暖。

几天后，爷爷来把我们带走了，我、大哥、刚出生的弟弟和母亲一家四口回到了老家。又过了两个来月，已经到了秋天，半夜三更母亲叫醒了我。周围一片寂静，弟弟和大哥不见了，厅堂对面曾祖父的房间也黑着灯。

“孩子，快起来，咱们去姥爷家。”

穿着宽松长裤的母亲肩上背着日本军人用的鼓鼓的背囊，然后把包着书的包袱绑在我的腰间。我们来到院子里，爷爷住的厢房仍然黑着灯。初秋的夜里天气寒冷，一弯残月挂在天空，母亲紧紧抓着我的手腕，无言地走着夜路。我们来到十里之外的姥爷家，姥姥把我们迎进门，母亲搂着睡意正浓的我在姥姥旁边睡下。第二天，我醒来一看，母亲不见了。

“孩子，你暂时得和我们一起住，别到外边去，尽量待在家里。要是有人问你从哪儿来的，就只说来姥姥家走亲戚。学校也乱哄哄的，不能上了，你就跟着我学《千字文》吧。”

姥爷严肃地叮嘱心情郁闷的我。就这样，我在姥姥家住了几个月。我很想知道母亲和哥哥的情况，但是没人告诉我家里人的事。第二年春天，姥爷带着我来到镇上，在一座大瓦房的里屋，我见到了母亲、哥哥和弟弟，母亲紧紧搂着我，只是哭。从此以后，再也没有了父亲的消息。

“哎，我想喝点东西，你看看那边，那里应该有米糊。”

看来母亲突然有了食欲，她紧攥着我的手，咽了口唾沫，大概是嗓子干了。

“您渴了吧？”

我也很想亲手给母亲嘴里喂勺东西。我是吃母亲的奶长大的孩子，却不曾给母亲喂过一口凉水。

母亲指了指冰箱上的保温瓶，里面盛着米糊。我往纸杯里倒了半杯米糊，用勺子舀了半勺送到母亲嘴边。母亲用舌头舔着送进嘴里，接着似乎用舌头搅拌了很长时间，凹陷的两腮不停地抖动，母亲的这副样子让我看都不忍心看。过了一会儿，母亲凹陷的两腮不动了，我又送进一勺米糊，这次母亲用嘴唇送进了嘴里，吞第三口时快了一些。这样吃了三口之后，母亲呼地长出了一口气。

“可能因为是你喂的，真好吃。”

母亲的嘴角浮现出微笑。我用纱布擦净她嘴角沾的米糊，心想这或许是母亲的最后一顿饭。那天夜里，母亲坐在饭桌前看着我吃饭，察觉到我有些不好意思，她就赶紧起身拿过勺子和我一起吃。

“老二，娘有两件事对不起你，一个是你和媳妇儿那么盼我去你家，我都没能去住上几天，另一个是……”

说着说着，母亲突然痛苦地扭动起身子，她用没扎针头的一只手摩挲着胸口，发出深深的呻吟，布满皱纹的脸抽搐起来。

护士收到紧急呼救信号赶来，听完事情的经过，她从床底下拿出尿盆，母亲摇摇头，做手势让她把自己扶起来。就在这儿方便吧。护士似乎很为难，把尿盆递给母亲，母亲继续摇头，表示自己要起来。我扶着母亲，让她从床上下来，护士举着挂在注射架上的吊瓶跟了出来。

“哎，儿子你站在那儿。”

母亲向屋角的卫生间走去，同时拦住了我，护士笑着给我使了个眼色，跟在了母亲后面。卫生间里传来了呕吐声，接着是母亲含混的呻吟声。这时我才真正了解了母亲的病情，后悔不该喂她米糊。她的内脏连一勺米糊都已经无法容纳，或许这是对世间一切表示拒绝，拒绝的对象中或许也包括我。她的肉体无奈地拒绝一切，她的精神又该有多么痛苦？

母亲走出卫生间，我接过护士手中的吊瓶。母亲没有接受任何人的搀扶，佝偻着背向前移动，身躯显得格外瘦小。昔日的母亲形象已经荡然无存，现在的母亲很像儿童漫画中的老巫婆，我呆呆地望着这张老婆婆的脸。哎，儿子你也得睡会儿觉，明天一早还得去首尔上班呢。母亲自言自语着走向床边。

“就算什么也不吃，一天也得吐上这么几次才舒坦。”

母亲给自己的诊断是分泌的胃酸集中在胃里，折腾得难受。

护士换了个吊瓶，不一会儿，母亲静静地闭上眼睛，舒服一些了。我大致猜到护士换上的是什么药，眼前浮起一层雾水，变得一片朦胧。我心情沉重，担心母亲一觉睡下去，永远醒不过来。

3

十点刚过，姑姑又回到病房。

“回去后我想了想，觉得只留下侄子，嫂子怎么都不会睡好。依着嫂子的脾气，半夜呕吐或者解手，肯定觉得侄子不方便。嫂子那么犟，一定会自己来。再说，我也想和嫂子一起过一夜，而且也有话跟侄子说……”

姑姑说着，似乎很对不住我。我告诉她，母亲刚才吃了米糊又吐了，我一个人照顾她也没问题，劝姑姑回去。姑姑对我的话似乎毫不理会，低头愣愣地看看母亲，便坐在了我的身边，看样子她有要紧的话跟我讲。

“哎，这无常鬼也真是的，嫂子这一辈子又本分又勤劳，为什么让她受这么大的罪呀？”

姑姑长叹一声，眼圈红了。小姑比我大八岁，奶奶去世早，她和母亲就像亲姐妹一样，两人之间无话不谈。

“嫂子作为长房大儿媳进了我们家门，三十五岁就开始守寡。她守着这个家，供孩子们好好念书，让你们都有了出息。另外还有那么多的忌日、祭祀、节日得操办，一年得有十五六次，说起来容易，你想想，那时候家里穷得一天吃不上两顿饭啊。一年十二个月，大部分时间她都手不离磨盘。”

姑姑抽抽搭搭地讲起家里的往事。曾祖父狂热地信奉禅道之类的异教，把万贯家财挥霍一空，爷爷、奶奶给自己的独子——家族的长孙娶了媳妇之后，就把家里的大小事和三个女儿都交给儿媳妇，两人去了日本。那时候，父亲好像二十六岁，母亲奉养着对农活和人情世故毫不关心的曾祖父和曾祖母，带着三个妹妹，过着穷困的生活。父亲在小学教书，用那点儿薪水赡养长辈，抚养几个妹妹。从那时起，母亲就为长房负责的忌日祭祀而忙碌。解放之后，爷爷回国了，但是既然已经接过了祭祖的任务，父亲就只好一直负责下去。发生那件事的时候，父亲刚刚调到初中做教员，被警察抓走之后，他再也没回来。母亲成了一个人，要侍候曾祖父、曾祖母、祖父和祖母，还得负责张罗所有的祭祀、节日活动。

“你妈可不是一般人，要是她生在城里，上过学……”

我不知道，八十五岁去世的曾祖父、曾祖母，还有祖父、祖母及母亲娘家的两位老人去世，母亲都各守了三年丧，她还靠一个人的力量嫁出了三位姑姑。

“你知道你妈一辈子操办了多少大事吗？我爷爷、奶奶、爸、妈还有大哥、你姥爷、姥姥去世后，你妈都守了三年丧，她还把我们姐妹三个嫁出去，给你们兄弟三个娶上了媳妇，全算起来一共是二十三件大事，一直到给在美国的小儿子娶上媳妇才算完。以前每年都有一两件大事，那时候家里穷，我娘家又不是富户，一年四季拼死拼活地干，才勉强吃上饭。你妈要不是硬起心肠，怎么撑得住啊？”

这些我还是第一次听说。虽然我大致知道母亲办了无数次红白喜事，按姑姑说的一算，这才有了真切的感受。最近尽管变化很大，但是济州岛长房的婚礼和丧礼仍然是大事中的大事，母亲一辈子为这些耗尽了心力。

“你妈天生是作长房长媳的材料，干这么多活儿，她从没抱怨过一次，反倒是把这些当成了人生的意义。要不是这样，谁能受得了啊？肯定半夜逃走了。家里没丈夫，还要伺候上两辈的老人，小姑子又这么多，你说是不是？”

也许如此，母亲是天生的长房长媳，她可能把这种身份当作了人生的价值。

“想想看，在那么危险的时局里，她把你们三兄弟分开，自己带老幺，把你哥哥送到了你姨家，把你送到姥爷家。她想的肯定是在那样的局势下，你们兄弟哪怕只有一个活下来，家族的香火就不会断。这可不是谁都能想到的，越是危急的时候，一家人越想聚在一起，这是人之常情。有今天没明天的情况下却要把年幼的孩子们送走，当妈的该是什么心情啊？虽然这样，作为长房长媳，保住香火比给孩子们母爱更重要。这一点一般人根本想不到，而她想得更多的是长房长媳应尽的本分，而不是自己。所以，那二十多件大事，她从没糊弄过一次。你知道一年有几次祭祀、多少个节吗？太爷爷、太奶奶、爷爷、奶奶、后来的爸妈还有大哥的忌日祭祀都算上，每个月都有祭祀、节日。你们兄弟可能不大清楚，我出嫁最晚，对嫂子的处境和情况一清二楚。你妈是推着磨掉泪，舂着米叹气啊。也别说，八十年她也还没得过什么病。现在真是晴天霹雳啊！”

姑姑吸溜着鼻涕，唠叨着过去的事，说着说着，忽然放声哭了起来。

在那件危急的事情发生之后，我跟着姥爷来到镇上一个陌生的小房间见到了母亲，她什么也不说，紧紧搂住我哭了起来，那情景长久地留在了我的记忆之中。那时候，母亲应该是三十五六岁，可是我竟然一点儿也想不起母亲三十五六岁时的模样了，铭刻在我脑海中的母亲永远是年近五十、从容不迫、精于世故的长者。

数算一下母亲成为寡妇的年龄，我实在无法想象，如今那些在小区里用婴儿车推着一个婴儿、领着个五六岁的孩子、一身大姑娘的打扮、肩上背着包的女子竟然和那时的母亲同龄。

“坐这儿，我有话跟你说。”

“嫂子还有什么话要说?”

姑姑劝阻了费力坐起来的母亲，母亲侧过身子望着我。

“嫂子要是还有话说，就别留着，要不到了那个世界也是个遗憾。”

“不说也不会成为遗憾，是我有两件事对不起老二。”

我无法正视母亲的脸，她万般痛苦，却仍有话要跟儿子说，这些事该让她多么耿耿于怀?

“我没能到儿子家里住上几天，很过意不去。另外，我还有件事没听儿子的话……”

看来她想接着刚才的话讲。母亲没有立刻说出第二件事，但是我立刻就猜到了那件事。这次回来的路上我拜托朋友——徐牧师看机会给卧病的母亲做洗礼，母亲一直固执地拒绝，我觉得现在她不会拒绝儿子的最后一个请求。我坚信，如果疼痛加剧，意识朦胧，她的想法会改变，最后她会接纳主耶稣。看来母亲在考虑这个问题，我紧张得干咳了一声。

“我不是不知道你的想法，嫁到婆家做了长房长媳，最重要的是侍奉好长辈、教育好子女。无论你爹是生还是死，我都尽了自己的本分。我怕别人笑话寡妇教育不好孩子，也怕伺候不好长辈，被人指责说寡妇的心没在这儿。我把这些当作了人生的全部。”

或许是因为体力不支，母亲低声断断续续地说着，同时避开了我的视线。我立即猜到她要拒绝我的请求。

我上神学院的时候，就曾经劝母亲信耶稣。

“要是你大哥去教会，我也跟着去。现在你大哥是家里主事的，你大哥不信，我怎么能信呢？母子之间不能因为信教闹别扭吧？”

那时候我就想表达内心的不满：二儿子就不是儿子吗？但我知道，母亲的心完全在大哥一边，就忍住了。但是我相信，如果我当了牧师，母亲就不会拒绝我的劝告了。

我刚开始跟着逃难的青年去教会，后来又和那个青年一起来到首尔，和他同住一个房间，直到我上完大学。我像养子一样寄居在一位有名的基督教牧师家里，工作一段时间之后，我又开始学习神学，还出国留了学，回国后成为神学大学的教授。可是，母亲、哥哥和弟弟都不信耶稣，家里人甚至把我当成了异类，这成了我的负担。

“我不去你家，有好多原因，不过说实话，我怕你把我带到教会去。”

听母亲说出曾经在内心纠结的话语，我发现倒是自己给母亲增加了负担，深感愧疚。想到以前自己曾经因为这个问题埋怨母亲、心里不痛快，感到是自己不理解母亲的心，不禁羞愧难当。

“嫂子一直都把自己当作长房长媳，绝对听从大儿子的话，就像对待已经过世的大哥一样，如今世上已经很难找到这样的人了。对这一点，侄子不要想不开，要想一家和美，就得听长房的。你想想，嫂子一辈子最痛心的是什么？”

姑姑盯着我。

“妹妹，你想说什么，那都是我的命……”

母亲想拦住姑姑，不让她说下去。

“有些事侄子也该知道了。侄子，你妈曾经把你看成了死去的儿子。你不知道，你小学毕业后要跟那个青年离开，那时候你妈有多难过。”

姑姑又掏出手绢擦了擦鼻涕。

这还是第一次听说。

“儿女想离开自己的怀抱，哪个当妈的心里不难受？”

我当时之所以想离开家乡，内心深处或许夹杂着对母亲试图坚守长房长媳地位的反抗。名牌大学毕业后，我之所以辞去待遇优厚的工作，从头开始学习神学，对父亲的抗拒和憧憬结合产生的微妙的自我意识产生了影响。我曾经认为，父亲身为长房长孙，放弃了自己的地位，出于对新社会的憧憬，梦想着进行革命，而在我的血液中就流淌着父亲的这种基因，我想让母亲理解这一点。我离开家是为了寻找另一个父亲，却被母亲看作不孝，这让我难过、委屈。

“妈！”

我低声呼唤。母亲仰面朝天平躺着，紧紧抓着我的手，艰难地朝我转过了头。

“我最后一次请求您。”

母亲皮包骨的脸上闪过紧张的神色，姑姑看着我的眼色。

“娘能为你做点儿什么？”

母亲已经猜到了我想说什么。

“我就要去阴间了，见到各位祖先，我有话要说。我养大了三个儿子，尽心尽力地侍奉了长辈，没做过让人戳脊梁骨的事，守住了这个家。不是我自夸，至少我不该受责怪吧？”

母亲用浑浊的眼睛看着我，征求我的同意，我避开了她的视线。我本想让母亲最终脱掉长房长媳的厚重铠甲，母亲知道我的想法，预先表明了拒绝的意思。

自从得知母亲的病情之后，我一直为这件事苦恼：怎么才能让母亲接纳上帝呢？执拗的母亲不会轻易接受我的意思，如果母亲不接受，我会不会对母亲不满呢？尽管如此，到了抛开一切的时刻，母亲应该会回心转意。不过，母亲的信仰不是母亲自己决定的问题，长房长媳如果在临终前信了耶稣，复杂的家庭问题会随之而来。我的想法越来越乱，因此，为了试探母亲的想法，有一次我曾经趁回老家的机会和大哥商量了这个问题。

“这个你压根儿想都别想。你这个要求很残忍，你是让老人家抛弃她一生坚守的生活。你怎么可以为了自己的面子这样虐待母亲？想想看，母亲从年轻守寡一直到现在，她生命的根在哪里？她就是抓着那个东西坚持了下来，现在如果按你说的信了上帝，她老人家就否定了自己过去的一切。她那样做能不难过吗？

她能承受得了那种痛苦吗？宗教是生命的价值，它是相对的，尽管它是人生在世需要的价值，但是在临终之前以会下地狱为借口完全否定过去的人生信念，那以前的人生都成了什么？那样做的话，她就等于亲自证明迄今为止通过自己的人生展现给子孙后代的一切——敬重祖先、守护家族都毫无意义……”

大哥的语气有些激动，看到我吃惊的表情，他才降低了声音。

“这事弟弟你看着办，不过我的想法就是这样。”

大哥的话虽然这么说，但是他的语气决绝地告诉我不要胡思乱想。

“可是，母亲为我们兄弟和家族、亲戚奉献了一生，你觉得母亲的这种生活让她幸福吗？那种名分对母亲来说就是囚禁她的监狱，难道现在我们不该让母亲解脱出来吗？这种事我们做儿女的不劝，母亲自己做不到。她被长房长媳的枷锁束缚，一直为了被驯化得尽善尽美而努力。表面上看她是个坚强的女人，其实她非常懦弱，丝毫不敢表现自我。”

我如鲠在喉，不吐不快。

“选择权当然在母亲手里，不过从现在的情况看，那是不可能的。希望你不要以不信上帝就会下地狱之类的话来逼母亲。人死以后到底会怎么样，谁都不知道，如果在母亲去世前再因为这种问题让她老人家烦心，是让老人家承受双重痛苦，我不认为这是尽孝。就算母亲的事让你这个做牧师的儿子没面子，也应该由你自己承担。”

“大哥！这件事和我的面子没有任何关系。”

我好不容易才为自己辩解了一句，此后没能对当事人——我的母亲提过半句。过了一阵子，我开始对当时没有凭着自己的信仰和良心更加积极地说服大哥而感到后悔，这不是因为在和大哥的争论中落了下风，而是因为我作为人子对生养自己的母亲热爱、关心的程度仅此而已而羞愧，同时作为基督教牧师、神学大学的教授，我也对自己信仰的浅薄而难过。换言之，我之所以最后向大哥屈服，要么是因为我并不对灵魂救赎坚信无疑，要么是因为我缺少对母亲的爱。因此，我感到深深的愧疚。由于害怕与强词夺理的哥哥争论会引发兄弟之间的矛盾，不愿意引起亲戚之间的飞短流长，对母亲的信仰我消极应对，这让我自己都无法理解。这件事之后，我接到了弟弟表示不满的电话，进一步加深了内心的矛盾。

“母亲的病情再怎么希望渺茫，哥哥们也不能坐等着母亲去世吧?”

放下这个电话，我为自己对母亲的病情无能为力羞愧万分，母子关系归根结底并没有什么了不起的。八十五岁，也算长寿了。我们做儿女的不就是从这句话中得到安慰，放弃了对母亲的治疗吗？越是这样，母亲渐渐离我远去的情景就像正发生在眼前一样越发鲜明。即便如此，我也没想着挽留渐行渐远的母亲，只是傻愣愣地看着。这样过了几个月，我决定在母亲临终之前最后一次尝试说服她。

母亲扎煞着手要起来，我从她身后抱着她坐起来。怀中的母亲身子轻飘飘的，因为她根本不能进食，甚至连胃液都吐了出来，体力已经不支。生命如此残忍，上帝为了让她再做些什么延长着她如此痛苦的生命？“主啊，她是您的仆人——我的生身之母，请把她犯的过错都怪罪到我头上吧。”我抱着母亲，低声祈祷。“请倾听仆人的祈祷，可怜可怜我的母亲吧。她不接纳主，是因为您的仆人——我懒惰，信仰不够坚定，没能真心爱自己的生身之母。”我祈祷着，注意不让母亲和姑姑听见。我压低声音，一边祈祷，一边为自己不能堂堂正正地在母亲和姑姑面前说出自己要向所信奉的上帝祈祷而感到羞愧。

坐起身的母亲额头布满汗珠，我用纱布为她擦汗，想到这是儿子能为她做的最后一点儿事，不由得产生人生虚无之感。

“嫂子几天前就说想见你，这样一起过夜，嫂子心里能好受些，走的时候也没遗憾。”

我从后面扶着母亲坐起来之后，姑姑在我的耳边小声嘟囔说，眼睛里泪光闪闪。

“快说吧，就算是亲生儿女，一单过就成了外人。要是有话跟二儿子说，你就都说出来吧。”

姑姑揉着母亲露在毯子外面的像枯枝一样的腿，催促说。

“刚才都说了……”

母亲扫视了一眼病房，看到我因为劳累变得憔悴的脸和僵硬的表情，抓着我的手简短地说。听到这句话，我立即感到自己和母亲之间有着一道深不可测的鸿沟。是我在渐渐远离母亲吗？

想到这儿，艰难地坐在面前的母亲的面容和印在我脑海中的母亲看起来截然不同了。在离家生活的日子里，我思念的母亲是四十岁出头时的模样。母亲来到济州邑码头送我，望着远去的船只挥手，那时母亲的样子再次浮现在久远的记忆宝库中，让我困惑不已，因为那个母亲与现在的母亲大不相同。

当时，我站在驶离港口的轮渡甲板上，直直地望着在码头防波堤上挥手的母亲，和她一起挥手。母亲的轮廓越来越小，最后成了一个小点儿，当灰蒙蒙的岛屿模糊的影子倒映在波涛起伏的水面，我终于忍不住放声大哭起来，一直哭到连那个岛的影子也看不到了。晕船让我忘记了悲伤，紧接着我对将要出现的崭新的时间和空间产生了紧张又期待的心情，以至于在某些瞬间忘记了母亲。到达木浦后，我坐上嘈杂的火车，奔向首尔。这时，母亲的脸夹杂在新出现的许多面孔之间，被我遗忘。离乡时母亲的模样在我心里大约珍藏了两年，此后，送行的朋友们、在首尔见到的其他面孔更多地留在我的心中。

从此以后，我为生计而奔忙，没能把母亲珍藏在心里，我考虑更多的是恋人、家庭、妻子、儿女、单位、工作、朋友、教会，还有自己的文章，却没能把母亲作为自己的一部分放在心中。有时候突然想起来，我就给母亲打个电话，寄点零钱，通过这种中规中矩的方式与母亲保持着平淡的母子关系。离开家乡，我同时也离开了母亲，建起自己的城堡，在里面生活。偶尔母亲来家里一趟，也像来到陌生人家一样，觉得儿子家非常不舒服。当时我无法理解，心里还很不快，等自己上了年纪，我才意识到，那是因为我的城堡里没有母亲的位置。母亲就像去世的父亲一样，对我而言只是一个抽象名词，我们的关系只是靠生身之母和儿子之间伦理上的感情维系。当我发现，自己对母亲而言也是如此，精神上大受打击。对母亲而言，已经成为另一个女人的丈夫、负担着一个家庭的二儿子是一个离开了家的儿子。

母亲用力抓着我的胳膊，动了动嘴唇。

“孩子，你听着。刚才我说了一半，你是牧师，我死后也想去你去的地方，可是我不能一个人去那个好地方，我得去你爹、你爷爷、奶奶去的地方，和他们一起过，给他们说道说道我在这个世界做的事，好好夸夸自己，特别是得向你爹讨债。他把我一个人留在这个多灾多难的世上，让我经历了那么多艰险的风波，我得让他好好补偿我。那个世界长辈们都在，我得扬眉吐气地做做长房媳妇。就算我死后去的地方比不上你要去的地方，我也不能抛开在这个世界结的缘分吧？”

母亲使出全身的力气，艰难说出了这番话，我无言以对。到最后一刻，母亲仍然想保留长房媳妇的威严。

听了这话，我意识到自己与母亲已经无法用语言沟通，我本已准备好要向死神面前的母亲说最后几句话，现在听她这么说，我发现自己的话根本没有表达的渠道。

4

好不容易说完之后，母亲在我和姑姑的搀扶下躺下，又轻轻闭上了眼睛，她对我想说的话已经做出了回答。

这时响起了布谷鸟报时的声音，病房里突然陷入一片寂静。身陷这种寂静之中，我想不起任何东西，连准备向母亲说的话也想不起来了，脑子里一片空白，胸口像被打穿，难以控制自己的情绪。母亲竟然如此冷酷，干脆斩断了与我的语言沟通，难道这就是支撑她度过坎坷人生的力量？母亲崭新的一面让我的意识变得一片混乱，我突然觉得母亲很可怕。难道是她要在去世之前割断和我的感情？越是这样想，我对母亲的感情就越复杂，旧日母亲的模样逐渐变得模糊起来。我苦苦思索着该如何改变这令人痛苦的氛围。

"妹妹，我想吃点儿东西，想和二儿子一起吃，你给准备点儿吧。"

刚才还悄无声息的母亲侧转身子找姑姑。

"你想吃饭？"

姑姑用奇怪的眼神看母亲指着病房一角的冰箱。

"她要吃饭？"

姑姑又用奇怪的目光看看我，那表情好像想问我什么。她连一口米糊、一口水都吐出来，还要吃东西？难道发生了什么奇迹吗？此时此刻，我忽然隐隐地期待着发生某种出人意料的事。难道是主听见了我的祈祷？我不太相信凭一个人祈祷能治病的奇迹，但是当母亲真的因为不治之症而受苦时，以知识为基础的逻辑毫无用处，我每天早晨和夜里都为母亲的痊愈而祈祷。

“噢，昨天你们住在西归浦的姨妈来过了，她以为我还能吃点儿什么垫垫，就熬了鲍鱼粥来看我。粥就在那个地方。”

母亲好像有了个好主意，对姑姑指了指冰箱。

“可是，你真要吃东西吗？”

姑姑似乎很意外，看看我，又看看母亲。

“有什么能吃不能吃的，好久没和儿子一起吃夜宵了，不知道什么时候才能再和这个儿子一起吃顿饭。”

姑姑从冰箱里取出在玻璃碗里的鲍鱼粥。

“那边有个锅，放进锅里，用电炉子……”

母亲一一指示。姑姑知道该怎么做，可她还是按照母亲说的用锅热了粥，把粥盛在两个碗里，摆在简易饭桌上。母亲和我面对面坐下。

“你真要吃？”

姑姑很担心，我却决心按母亲说的做，因为我知道母亲想和我一起吃顿饭。

“老二，快吃。”

母亲接过碗，催促呆坐着的我。

“好。”

我默默地拿起勺子。过去，我是三个儿子当中最惹是生非的一个，让母亲操碎了心。我脾气犟，要是不合我的意，在家里长辈的话我也不听，出去我还经常和孩子们打架。

“妈，以前我让您操心了。”

我想用这一句话让自己六十年犯下的错求得原谅。

“不，娘知道儿子的心。不说别的，吃饭吧，本该是当娘的亲手准备夜宵，以前你在外地学习，我都没能往你的书房里送一次零食。”

母亲吃了口姑姑盛的粥，用手绢擦擦嘴边沾的粥渍，微微笑了。

“这粥真好吃。”

“鲍鱼粥稍微凉一凉才好吃。”

母亲不喝粥，只是呆呆地看着我喝粥，有时和我视线相对，就把姑姑递过来的勺子拿到嘴边碰一碰。我知道母亲做的这一切，却故意装作没看到，津津有味地吃着。

“来，你把我的也喝了吧。”

母亲把接过来却没有喝的粥碗推到我面前。

我怕自己一开口就会流下眼泪，就一言不发地吃光了那碗粥。

“呀，真好吃。”

我一放下勺子，母亲也紧接着放下勺子，笑了。姑姑把身子转了过去。

收拾完饭桌，母亲想躺下，她动动身子，侧身躺下。突然，她一只手摩挲着胸口，发出呻吟声。我抱起母亲，一下子把她背了起来，却根本感觉不到自己背了一个人。母亲好像在我后背上哇哇吐了起来，我觉得后背黏糊糊的，母亲的呻吟声就像刀子剜着我的心。

“妈，您就吐在我背上吧，就这么舒舒服服地趴着吐吧。”

我强忍着不哭，大声地喊。路过的护士被喊声惊动，走进病房。

母亲非要从我背上下来，去卫生间把肠胃里的东西吐了个一干二净。重新回到病房的母亲形容憔悴，护士又在吊瓶里添加了黄色的液体，走了出去。

母亲急促地呼吸了一阵，就陷入了昏昏沉沉的睡眠之中。

直到天亮，母亲没有再受很大的罪。为了乘第一班飞机回首尔，我站在母亲病床前告别。今天星期六，但是一年前我就和人约定要做一场演讲，明天是星期天，从十点开始还要去一个教会布道，晚上去一个与宗教界相关的特殊集会上做报告。

“妈，我去趟首尔，明天晚上回来。”

我轻轻抓着已经醒来的母亲的手，向她道别。

“你不来也行，我今天想回家。昨天晚上没怎么疼，看来一见到儿子，病都好了。你去好好工作，儿媳妇也一起回去吧。”

母亲神智清醒地说。我放下母亲的手，走出病房，刹那间似乎感觉母亲跟我走到了大厅。我好几次想回头看看，但还是忍住了。站在医院院子里，我望了一眼母亲病房那边，坐上了哥哥派来的汽车。

在飞机上，我仍然觉得母亲就坐在我身旁。我回到了童年，往日的情景浮现在眼前，那是我第一次和母亲并排坐在开往镇上的木炭公交车上。那是我以前不曾想起的场景。我很欣慰，和母亲一起吃的最后一顿饭会永远和我在一起。

我在七点开始的傍晚集会上做完报告回家，妻子打来电话，说陪着母亲回了家，母亲的病情晚上开始突然恶化，兄弟和亲戚们都来了，看情况再跟我联系，接着她挂上了电话。

我没换衣服，等待母亲的消息，等着等着就睡着了。我被闹铃声惊醒，不对，是电话铃声。

“老人凌晨五点四十五分去世了。”

妻子哽咽着说。我看看手表，现在是六点零五分。当我等着等着电话进入梦乡的时候，母亲离开了这个世界，她是为了让我好好睡上一觉，还是不愿意让我为她送终？

如今，生养我的母亲在这个世界上已不存在，如果有一天我们化作雨水，在大海中相遇，还能认得出彼此吗？

内与外

1

“你们快走吧。”

尹大夫和护士长一出门，父亲就挥手赶我们走。

母亲抓着父亲的病号服前襟哭哭啼啼，她深爱着父亲，现在让她一个人怎么过呢？所以儿子最担心的不是父亲，而是母亲。

“不是叫你们快走吗？既然来了医院，早一天成为病人反倒安心。你们不要勉为其难地来看我这副难看的样子。嘿，赶紧走！”

父亲对呆呆站着的我们发火，反复赶我们走。

母亲嘴里小声嘟囔着转过身，我们也跟在后面。病房的自动门开了又关上，分开了父亲和我们。母亲转过身，玻璃窗对面的父亲背对我们坐在床上，望着窗外。

家里人一离开病房，周围就安静下来，我的心也沉了下来。知道房间里只剩下我一个人，心里从容了，来这里就对了。一瞬间，家里人走出病房时的表情浮现在眼前，用所谓家人的绳索捆绑在一起的关系似乎一下子解开了。不过，妻子的脸一直在眼前晃动。她经常说，我们相亲相爱，生活幸福。可是，我来到了这里，她一个人恐怕难以承受。尽管有些意识不清，对妻子的挂念仍然排在第一位。

儿子像平时一样，在上班前来我的书斋打个招呼。

“爸爸，我去上班了。今天不出门吗?”

这一瞬间，“今天不出门吗?”听起来就像已故父亲的声音，挂在门旁墙上的父亲的肖像与儿子的脸重叠在了起来，那是一幅五号左右的小幅油画，是一位姓姜的画家画的。只要走进这个书斋，我总会看到父亲，他刚过中年的样子在画家笔下栩栩如生。父亲在家乡的教会做牧师，我很喜欢父亲那时的样子，就请画家按照这张照片画了幅肖像。现在儿子也到了父亲那时的年龄，看到儿子和父亲一模一样，站在那里，我十分欣喜，同时也认为产生这样的错觉是个幸运。

从那以后，我有时候一时想不起家里人的名字，昨天的事也会忘记，因为想不起停车的地方而四处转悠，为了找一本没读完的书，在书房、里屋、客厅之间转来转去，我还曾经只穿一只袜子走进了二楼书房，挨了妻子一通数落。每次我都认为，自己已经年过七十，这很正常。可问题在于有时候我会把妻子当成四十多年前研究室里的助教。

为了安慰我，妻子说这没什么大不了的，可是从她的表情来看，她很受打击。该来的终于来了，曾经压迫我的无数记忆以这种方式出现了！想到这一点，我开始害怕过去，最近的事虽然轻易就忘记，过去的事却更加生动地浮现在眼前。每当这时候，我都仿佛听到幽灵带着可怕的消息步步逼近的脚步声，感到无比恐惧。

十一点左右，“叙加[1]成女人之家”打来一个电话。

“院长去世了，前天做了告别礼拜。”

一个中年女子把院长去世的消息告诉了我。

我一度忘记的成奎生母的面容又浮现在眼前，我的心情急剧起伏。犹豫了一阵，我还是去了“叙加成女人之家”。

傍晚，儿子下班来到书斋，我告诉了他一个隐瞒了近五十年的秘密。

“听说你的亲生母亲去世了，前天做了告别礼拜。这么多年，她一直没有再婚，做了一辈子老师，退休后用自己的积蓄设了‘叙加成女人之家’，专门照顾单身的老奶奶……”

我不看站在背后的儿子的脸，结结巴巴地说。

“请原谅你的父亲。”

儿子张开双臂，从背后一下子把我拥进他宽阔的胸膛。

小汽车驶出医院正门的时候，儿子偷偷瞟了一眼后座上的母亲。她靠在女儿肩膀上，上身笔直，望着病房的方向。

“你们的父亲不是心狠，为了斩断和我们的感情故意这么做

---

① 叙加，《圣经》中的一个村庄名。

的，你们千万别怨他。”

母亲担心儿女们的心会离父亲而去。

汽车上了高速公路，道路畅通，车开始加速。儿子突然感到父亲和家人间的距离越来越远，瞬间，眼前浮现出微微驼背的母亲在疗养院大厅里久久仰望三楼病房的背影。

“大夫说什么?”

母亲不露声色地问起父亲的病情。

“大夫说虽然还需要继续观察，但目前看来像是老年忧郁症，并不怎么严重。”

“这段时间到底发生了什么，让你爸爸自己选择住院呢?而且放着条件好的医院不去，非要到这乡下来……”

丈夫是医生的姐姐表示难以置信。

“就在九天前……”

儿子决心把这期间发生在父亲身边的事说出来。

年过古稀之后，父亲大部分时间都在书房度过，忙着读书、整理自己写的文章准备出版，星期天去教会做礼拜，一周去爬两三次山。刚开始他和母亲一起去，母亲的关节出现问题之后，他大多自己去，星期四儿子没课，就陪他一块儿去。

那天吃完午饭，父子一起去爬山。他们从果川文原洞的山路入口出发，经过鹰峰，走了大约十分钟，父亲要回去，这可是从未有过的事。儿子觉得可能是阴沉的天气让父亲心情不好。下山路没走多久，他们来到一片有块又宽又平的石头和几棵盘曲矮松的平坦空地上，这里很适合远眺，来往的登山者多在这里休息。父子二人各喝了口矿泉水，稍作休息。

“爸爸，请原谅我。我错了。”

背后传来粗哑的声音，儿子转身一看，父亲跪在儿子背后喃喃自语。儿子的脸刷地红了，父亲可能产生了幻觉。父亲好像也意识到面前是儿子，赶紧站起身，急忙往下走。儿子在后边跟着，父亲走得像獐子一样快，来到山路入口时，父亲已经不见了。

晚上父亲也没有回来。清晨送牛奶的大嫂大叫一声，家人打开门一看，才发现父亲倒在大门边。

回到家以后，父亲好几天不出书房门，有时候一个人一声不吭地离开家。又过了一个星期，他干脆把儿女们召集在一起，宣布自己要去疗养院。

父亲没有把自己的情况告诉任何人，虽然症状不重，但是他知道，自己从家里人那里得不到任何帮助，所以他决定住院。

对于父亲的处境，儿子越想就越真切地体会到人与人之间的血肉关系十分虚幻。

“爸爸是不是对已故的爷爷犯下了什么大错？”

弟弟想不出事事完美的父亲和爷爷之间会有什么问题。

“像他那样的孝子世上难找。”

母亲安慰弟弟。

这一瞬间，儿子想起了生母的去世，或许是和生母有关的事？父亲为什么和母亲离婚？他记不清楚。小学二年级的时候他在爷爷家住了一年，三年级才见到继母，和他们一起住。

2

早晨一觉醒来，窗外的山景映入眼帘。树木几乎都落光了叶子，灰白的树皮非常刺眼，树枝在风中剧烈摇摆，枝上的喜鹊窝看起来摇摇欲坠。我瞬间想起了昨夜在喜鹊窝里睡觉的梦。

“睡得好吗？”

尹大夫进了门，后面跟着妻子和大儿子。尹大夫是我女婿的朋友，以为这里没人认识我才来的，看来是无处藏身啊。妻子看到我，勉强笑了笑。

“睡得不错吧？老人家好像对医院适应得很快。”

尹大夫安慰妻子。

“你觉得医院好，自己主动要来。一个人住感觉怎么样？”

妻子一副生气的表情，话语中带着情绪。

“二位慢慢聊，说过去的事，就相当于又活了那么久。二位如果能体验两次幸福的时光，幸福就增加一倍，二位的人生就延长一倍。”

尹大夫滔滔不绝地说。

“师母，请一起分享幸福愉快的过去吧。老人家听了，会想起遗忘的过去，我失陪了，再见。”

尹大夫出去了。

妻子攥着我的手，久久凝视着我的脸。

“就这样坐在你旁边，不由得想起在你的研究室一角度过的那些时光。”

她想说什么呀？

在五个研究生当中，我是唯一的女生，别人都去找工作了，我选择了继续深造，因为我还想听你的课。听着你第一学期的课，我就预感到将发生命中注定的事。我一个学期都认认真真地听课，踏踏实实地做课题。结课以后，你在研究室的一个角落放了一张带隔板的书桌，让我在那里学习。从那天起，只要是你吩咐的事，我都高高兴兴地去做。你还给我找了很多翻译的活儿，几个月以后，你给了我一笔数目不小的零花钱，告诉我不要为了挣钱做翻译，而是要抱着学习的目的干活儿。你的语气硬邦邦的，却温柔地沁入了我的心中。

那时候，你在研究室工作到很晚，你好像天生就是为了学习来到这个世界。讲完课，你就来到研究室，坐在书桌前埋头读书，忘记了时间，直到西窗射进来的阳光消失，你好像才想起在隔板另一边埋头学习的我，开口问我饿不饿。我不知道该怎么回答，你就像想起什么紧急约定似的，急匆匆地走出研究室，边走边说，“快出来，我还得回来呢”。你头也不回地大步走下台阶，朝大学办公楼东侧的学校后门走。我在你后面紧紧追赶，如果在白杨成行的柏油路上看到你走动的背影，我心情会更加激动，常常不知道该怎么走路了。尽管如此，我唯恐跟不上你，在后面苦苦追赶。走到有些斜度的上坡路时，前面的你转头朝后面看看，抬起你的长胳膊指着学校后门对面的中餐馆，夕阳正好照在你的侧脸上。我被你的样子深深地吸引，失魂落魄地定在那里，无法挪动。

你先占好位子等我，看到我气喘吁吁地进来，对我微微一笑。我努力让自己怦怦狂跳的心平静下来，坐在你的面前。过一会儿，杂菜饭上来了，我们俩不声不响地吃饭。等我吃完，你先站起身，走出中餐馆。我也赶紧出来，朝学校后门方向望去，你已经快到后门了。你停下脚步，转过身，打手势让我快走。在夜幕降临的街道上，我一直望着你在照明灯下的身影，要是看不见你的背影，我的心就憋闷得难受。为了让自己忍住不跟你奔向研究室，有时候我大口喘着气在那里站很长时间，然后才咬着嘴唇朝自己租的房子跑去，这都是为了克制回研究室的冲动。在那些日子里，我彻夜不眠，唯恐看不到守在研究室里的你，我无法合上眼睛睡觉。

我躺在病床上听妻子说话，在她的话语中，自己昔日寒酸的样子越来越近，所有的记忆都已离我而去，但是在她的讲述中，我往日的黑暗时刻渐渐逼近。我不喜欢听妻子讲这些。

妻子和儿子回去了。

在妻子的有生之日，幸福的故事会鲜活生动而且比事实更丰富多彩地活在她的心中、头脑中，随着时间的流逝，故事变得越来越美。我的故事为什么不这样呢？在听她讲述的过程中，我一直思考这个问题。美好的事讲起来心情愉快，可耻的事讲起来痛苦万分，我的心里非常难受。

尹大夫走进房间，坐在了我旁边。

“先生，讲述可耻的事比讲述美好的事更有文学性。《圣经》上不都是可耻的事吗？即便如此，可耻的事不是任何人都能讲得出来，因为知道可耻本身就不容易，就算知道，要正直地讲出来也不容易。先生就是因为无法讲出可耻的事而这样痛苦。现在，请你讲讲那件事吧，给精神科大夫讲的话保证不会被泄露出去。可是也不好说，因为真相总会传出去。”

尹大夫的话让我有些心动。他说的是文学，是不是他知道我是研究文学的教授，这样诱导我说出来？他不会对我女婿说吧？我做了个深呼吸，开始讲自己的故事。

“妻子生了第一个孩子，孩子两岁的时候，我一个人去留学了，对当时是高中教师的我来说这是个幸运。妻子是我的大学同学，在女校当英语教师，因此我留学期间不用为家里担心。”

这件事是我第一次说。

五年以后，我拿到学位，而且幸运地在母校谋得了职位，衣锦还乡。我成了大学教师，真切体会到了人生的成就感令人如此心满意足。可是，这个世界就是不让人幸福。我听到了一个奇怪的传闻，说在我留学期间，妻子和另一个男人有暧昧关系，对方是一个知名财阀的长子，也是我的大学同学。据朋友们说，大学期间，他和我就与妻子是三角关系，在和我交往密切之前，妻子和他的关系很亲密。那个人聪明、英俊，只因为他是富豪家的长子，妻子才没有接受他。我相信妻子，但是听到这种传闻，又无法忍受，便追问妻子。

“你不在家的时候，我参加过同学聚会，结束后有两三次和那个人单独坐了会儿。不过和传闻完全不一样，他说自己马上要结婚了，却根本不喜欢家里给选的对象。他诉苦似的讲述了自己的心情，我作为已婚者，给他提了些关于婚姻的建议。”

即便如此，我仍然不相信妻子的话。他是不是在结婚之前与旧日恋人相见，最后……我的脑海中展开了奇怪的想象，并开始怀疑妻子。

“我过去爱你，现在爱着你，将来也会爱你。就算你不相信，我的真心不会变。”

妻子对为传闻提供了把柄表示歉意，但是强烈地表示自己是清白的。越是这样，我对妻子的疑心越重，对那个财阀的儿子，我平时就没什么好印象。我是乡下一个清贫牧师的儿子，总是带着道德上的优越感看待有钱人，此时，我的这种自我意识被更加强烈地激发了出来。

那时候，我痛苦不堪，就像生活在炼狱之中。看到我丝毫不为所动，妻子去了老家，向长辈们坦承了这件事，请求他们处理。我认为妻子的这种冒失举动是算计好的，因为父亲是牧师，妻子想利用公公的仁慈掩盖自己的错误。

我也回到老家去见长辈。

“原谅她吧。就算传言是事实，你也得理解。她说传言是假的，你为什么怀疑？你一直这么不相信自己的妻子吗？”

父亲反而责备我心胸狭窄。

我不回家的日子逐渐增多，那时恰好是初夏，在学校的研究室里熬夜也没什么问题。放暑假的时候，我又作为编委参与了出版社策划的《世界文学全集》编纂工作，时常在旅馆里做很急的翻译工作。

妻子越是坚持说自己清白，我越是讨厌她，我越是这样，父亲对我“心胸狭窄”的责备越让我难受。我既恨妻子，又因为自己不能摆脱传言的影响不信任曾经深爱的妻子而自惭形秽。因此，我承受着两重、三重的痛苦。

那时候，我的研究室里出现了一个清纯、伶俐的学生，我污浊的头脑和内心一点点被她洗刷一新。与其说我感受到了爱，倒不如说是她清纯的样子使我千疮百孔的灵魂再次复活。

那年秋天，父母来到首尔，劝我原谅妻子，甚至拿父子关系向我施加压力。

"要是这一次你不原谅你的妻子，接受她，你的偏见和由此造成的误解会让你痛苦一辈子。等着瞧吧。"

父亲用不吉的话语预言我的未来。越是这样，我越是无法接受妻子，我也不知道这是为什么，对儿媳宽容的父亲也让我心里很不舒服。父母住了几天，试图说服我，却以失败而告终，他们只好带着孙子回了老家。

当我做出最终选择之后，心变软了一些。那时候，女学生明朗的微笑成为我的安慰，她成了让心乱如麻的我支撑下来的精神支柱。面对那微笑，我对妻子的怀疑和憎恶逐渐平息。随着时间流逝，女学生开始用奇怪的魔力把我捆绑起来，就像天使用丝线缝补我破碎的灵魂。

后来，她对于我不再只是清纯的象征，有时候，当我回家和妻子面对面坐下，妻子的脸竟然和她的脸重叠在一起，此时此刻，我对妻子的憎恶又冒了出来。我知道麻烦了，她的清纯已经成为捆绑我的锁链，在我的眼中，她逐渐成为一个女人。我们的交往对她而言是打开了幸福的大门，对我来说却是再次来临的痛苦。

"人生真是奇妙。在同一种情况下，相爱的两个人处境怎么会如此不同呢？"

我怀着青春期少年的心情问尹大夫。

"因为这就是人生。"

他似是而非地笑着点点头。

"我能理解您的处境。谁都不会相信您一直承受着这样的痛苦，无论您的妻子、儿子，还是朋友……所以，人是孤独的。”

我还有很多话要说，尹大夫说今天就到这里，便从座位上站起身。尽管话还没讲完，我心里似乎敞亮了一些。

3

儿子来到客厅喝茶。父亲的书房就在儿子的书房对面，中间隔着并不宽敞的客厅，父子俩经常听着对方的翻书声和呼吸声在书房里一直忙到深夜。客厅里有茶，父子俩有时候在这里见面，见到父亲，儿子感觉很安适，哪怕正在因为麻烦的事情或想法而烦闷，只要见到父亲，烦闷就消失得无影无踪。

儿子站了好一会儿，最终还是无法压抑对父亲的思念，打开了父亲的书房门。

“妈!”

母亲打开箱子，从里面掏出很多物品，摆在地板上。

“您在这儿呀。”

儿子就像偷窥母亲被发现了一样，有些难为情。

“我能帮您做点儿什么吗?”

母亲用警惕的目光看了看突然出现的儿子，然后微笑了一下，指指地上摆满的物品。

“你父亲已经整理好了，可我想看一下。这些都是你父亲的物品，包含着他的汗水、想法和辛劳，他让都扔掉，我做不到。儿子要理解我。”

母亲语气很郑重，似乎在说什么重要的事。

“我遇到你父亲，幸福地生活到今天，你父亲却一直生活在痛苦之中。知道了这一点，我很难过。”

原来她读了父亲的日记。父亲一直生活在痛苦之中？儿子全身似乎僵住，似乎受到很大的冲击。

“也该给你这个做儿子的说说。”

母亲抓着儿子的手，让他坐下，就像有什么委屈似的，一脸严肃地开始诉说。

“在你父亲研究室的那两年，我就像生活在云端。”

这是儿子头一次听他们的爱情故事。

在教授的研究室里学习竟然如此快乐、幸福。当我通过硕士论文答辩之后，教授给我联系了一个去美国留学的机会，条件相当好，对我来说是上天的赐福。可我一点儿也高兴不起来，因为对我来说幸福不在美国的大学，而在你父亲的研究室。

“老师，我不想去留学。”

听我冒冒失失地这么说，你父亲盯住我的脸。

“天底下哪有这样的大傻瓜？这是天大的幸运，去一趟回来，你就能开始崭新的人生。”

"不去留学，我也能开始崭新的人生。"

我本以为你父亲能理解我的想法，但是他的反应出人意料，令我伤心欲绝。

"你是想结婚了吧？有男朋友了吗？"

你父亲用蔑视的眼神看着我。

"男朋友，有。"

说着我哭出了声，抽泣了好一阵子，我擦干眼泪看你父亲，四目交汇，他正用无奈的表情注视着我。傻瓜，傻瓜，我心里喊了无数次，跑出了研究室。此后两天我没有去，因为我害怕他催我去留学，离开那个幸福的研究室是我无法想象的事。

可是待在家里，我忍不住对你父亲的思念。结果我好不容易忍了两天，就又去了研究室。

"你真要放弃留学吗？"

他又问。我怒视着他，恨他不理解我的心。他好久没说话，只是看着我。

"世界上怎么有这样的傻瓜？"

他自言自语，至今我也无法忘记他的眼神，他的眼睛里满是讶异，好像发现了什么新鲜事物，还闪着晶莹的泪花。

不久我知道了你父亲的处境，太可怕了。我也曾想过，是不是因为我喜欢他，促使他离了婚，并因此心生愧疚？但是我从一开始就认为，我们的相识是命中注定，随着这种想法越来越坚定，我决定让时间来决定一切。过了很长一段时间以后，我意识到，和你父亲的相识是我平生最大的幸运，放弃留学也是我一生中最明智的选择。现在我也不后悔。

一年以后我们结了婚，尽管没有得到亲戚朋友的祝福，我们非常幸福。

母亲说到这儿停住了。她打开另一个箱子，从里面一件件取出父亲的物品，用戴着长手套的手拂去灰尘，摆在了地板上。那是笔记本、资料卡和父亲用过的其他琐屑物品。父亲从不丢弃用过的任何一件物品，他自己存放，平时嘱咐儿子在自己去世后把它们都烧掉。这说明父亲深爱自己，珍惜自己生活的痕迹。

母亲像影子一样移动的双手令人不寒而栗，她一定会彻夜不眠，把父亲的物品一件件取出来查看，她在为留住美好的时光而痛苦地挣扎。

儿子回到自己的书房，却仍能感受到母亲在父亲书房里的一举一动，包括她的呼吸和表情。夜深了，母亲没有从父亲的书房里出来。

4

今天是和尹大夫交谈的日子，他想听我讲过去，从某种角度来说，他这样做既执拗，又像作弄人一样让人烦。他说我的病根在于无法说出过去的创伤，把创伤讲给大家听，我的病就能不治而愈。

“师母认为遇到您是一生的幸运。”

他细心观察着我的反应。

“幸运?”

我起了一身鸡皮疙瘩。就是在与她相识之后，我的人生才开始扭曲。

我本想让她离我远远的，所以大费周章地给她联系留学，她却放弃了留学。这件事让我知道了她的想法，奇怪的是，此后对妻子的憎恶也开始逐渐淡化。

我们夫妻离了婚，妻子远远地离开了。

一切都顺心如意，再婚也很顺利，我重新踏上了幸福的人生旅程，然而这种幸福没能持续多久。

新学期开始，院长把我叫了去，告诉我学校里的传言。我不明白，难道离婚、再婚有错吗?再婚的对象是学生有问题吗?我丝毫不认为自己的选择有任何错误。但是，在教授圈子里，抛弃糟糠之妻与年轻貌美的女学生结婚是无法容忍的。父亲也因为有我这么一个不理解、原谅妻子的儿子，认为自己再也没有资格劝教众奉行仁爱和宽恕，辞去了牧师的工作。这让我深受打击。

我很难过，但又不能把这些跟妻子说。妻子似乎更喜欢这种不同寻常的婚姻生活，她安慰我说，别人越是唧唧喳喳地议论，爱情之花就会开得越美，我们要幸福地生活下去，让那些说闲话的人都羡慕。

最后，我提出辞职，搬到了首尔郊外的乡村。正好《世界文学全集》出版顺利，收入并不比在大学差。我和妻子两个人常常通宵做翻译，夫妻之间的爱日渐丰盈。

但是，父亲不理解我，也不喜欢妻子。他认为我急着离婚有她的原因，自己曾经那么信任的儿子却做出如此低俗的事，让他无法接受。细细琢磨父亲对我的评价，我陷入了深深的愧疚之中，我为自己似乎在逐渐远离父母和世界而恐惧，妻子却觉得很幸福。

讲完这些，我感到全身困乏，心里却很安宁。前山向我走来，用宽广的胸怀拥抱着在寒冷中颤抖的我。感觉怎么样？尹大夫丢下一个礼节的问题，便起身离开了。

5

看来今天夜里母亲还要在父亲的书房度过。白天她去见了父亲，回来睡了一小会儿，晚上走进父亲的书房，然后就是一片寂静。最近母亲几乎天天夜里都在父亲的书房翻看父亲的东西，好像要寻找什么线索一样。

“知道你父亲埋藏在岁月中的痛苦，我很难过。尽管晚了，但是知道真相总是幸事。”

母亲对走进书房的儿子说，尽量掩盖着自己的情绪。

“妈，您休息一阵儿再干吧。将来您会有很长时间来了解父亲。”

儿子觉得让母亲休息最要紧，他担心这样下去两位老人都会住院。

“儿子，一直到现在，我都像深爱你父亲一样，深爱着与你父亲有关的所有人。你父亲那么疼爱你，所以我也疼爱你。”

两位老人的爱不同寻常，母亲因为爱父亲，所以爱屋及乌，爱与父亲有关的一切，甚至连他的缺点都爱。人到中年，我突然想研究研究母亲，一个人爱另一个人，其行为和心理的本质到底是什么？

“我得给你讲讲我和你父亲一起度过的一生，这是真实的事实。”

你父亲向学校递交辞呈之后，我们过得更踏实了。你父亲的理直气壮让我心满意足，对他更加信任。忙的时候，我们熬夜做翻译，天亮的时候一起上床，日上三竿才起床。看着满院子的阳光，我们觉得太阳就是为了我们光芒四射。我们吃饭吃得很晚，饭后喝着咖啡闲聊，出版社的人员拿走翻译的稿子。以后的时间我们非常幸福，还有更幸福的事从天而降——地方国立大学 T 大学请你父亲去任教，作为一个年轻有实力的英语文学领域学者，你父亲得到了学界的承认。

离开首尔，我们在陌生的地方开始了新的生活，日子过得更加有滋有味。在这座新城市里，我们逐渐熟悉陌生的人和风景，营造全新的生活，这种乐趣从别处无法获得。我翻译堆积成山的稿子，丝毫不觉疲倦，你父亲满怀对新学校的期待，心情激动不已，对赶走自己的母校越觉得寒心，在新学校的计划和抱负就越宏伟。但是这种幸福也很短暂，在首尔遭遇的厄运又随之而来，人们开始散播不道德的教授抛弃糟糠之妻与自己的学生结婚的言论，这里的反应比首尔更激烈。这种传闻让我更紧张，让我更觉得幸福。我相信，这个大学请不来你父亲这样优秀的人，大学也承认这一点。可是，你父亲再婚的事在学生之间传播开来，他的处境变得艰难。学生很强硬，声称学校不采取措施就罢课，他们绝对不能接受不道德的教师。不道德的说法让你父亲很伤心，他一直自诩没有做出亏心事，却被人指责不道德，这是致命的污点。不过，事情突然平息了，曾经的轩然大波一下子悄无声息，我感到奇怪，不过这也让我倍感幸福。

“有这样的事？我还是头一次听说。”

儿子思忖了一下父亲当时的处境。他向母校提出辞职，去了地方大学之后再婚问题又引起波澜，就算后来这件事得以圆满解决，在这一过程中，父亲的名字该被多少人谈起啊？一想到父亲的私生活曾经是众人议论的话题，儿子不寒而栗。虽说每个人的一生都不平坦，父亲竟然有过如此难熬的岁月，令人难以置信。

不过，引起波澜的再婚问题又是如何一下子平息的呢？听着母亲的讲述，儿子对这个问题十分纳闷。

等待尹大夫的时间过得真慢，他跟我约好结束日常工作后四点左右来。尹大夫曾经说，心里隐藏不能吐露的秘密就像讳疾忌医一般难受。

“看起来您心情不错。”

尹大夫独自走进来，愉快地跟我打招呼。

“我在等你……”

我看了一眼床头的时钟：四点零五分。

“我晚了五分钟。今天能听到有趣的故事了。先生，山鲁佐德为了平息国王的怒火，不是讲了三年有趣的故事吗？她用这种方式救了自己的性命。这样看来，讲故事也算是一种救赎的方式了。我的文学理论怎么样？讲故事是救赎的方式。是不是挺像回事的？”

尽管他是女婿的朋友，但是在他面前，我就成了孩子。

我欣然讲述令我惭愧的故事。

虽然离了婚，那个女人并没有离开我，我的单位换了，去了远方，她的心依然在我身边。这是我在离婚几年后才知道的。

我到T大学任教之后，曾经因为再婚的问题引起波澜，和刚开始在母校遇到的情况相比，我的处境大不相同。我觉得，如果两所学校都拒不接受我，我该思考一下是不是自己的确有问题。结果是教授和学生们的想法没错，我在道德上应该受到指责，因此我产生了自我危机。我第一次提交辞呈时心高气傲，满怀自信，认为凭自己的实力随便在哪个大学都能谋到教师的职位，因为当时在美国获得学位的英语文学研究者屈指可数。可是，同样的事经历了两次，我才发现这不是学术水平的问题，自己已经很难恢复受损的道德。我甚至觉得自己今后已经很难作为一名学者在韩国立足，我意识到韩国教育界对道德问题特别是爱情与性的问题非常严厉，这才理解父母为什么那样苦口婆心地劝我不要离婚。但是，妻子根本没有想到我的这种处境，所以我只有独自承受痛苦。我害怕妻子知道我的处境会难过，那时她已经怀孕四个月，对即将在这个城市生儿育女充满喜悦与期待。

学校方面确定的最后日期越来越近，如果我不辞职，学校就拒绝让我上课。可是我不能辞职，辞了职，我已无处可去。尽管我从在娘胎里就有信仰，这时候我已经心慌意乱，根本没有心思去做祈祷。

然而，就在最后限期的两天前，校长把我叫了去。我做好了应战的准备。

“这段时间你受苦了。我们误会你了。学生们会正式向你道歉，我们大学为能够请到你这样的优秀人才感到荣幸。”

校长满怀歉意地请我忘掉这段时间发生的事。

我十分意外，脑子里一片混乱。难道是高层人士知道我的处境后施加了压力，我思考着谁可能这样做。

“你的前妻来过了，真是位了不起的女士。”

我非常紧张。原来是听到我的消息之后，前妻直接来找校长，说明了那令人难以启齿的内情，把离婚的责任都揽在了自己身上。她证实，不是我抛弃了她，而是她出于自责提出离婚，我再婚的对象也是离婚后认识的。

我摆脱了危机，但心中无法释然。被丈夫抛弃的女人竟然拯救了丈夫，而且承认离婚的原因都在自己，制造了自己的耻辱。我的羞愧与日俱增，感到自己非常猥琐。妻子却觉得更加幸福，在这个美丽的城市即将开始新生活的期待和对即将出生的孩子的母爱叠加在了一起。后来妻子对我说过，那是她一生最幸福的时期，正是因为提心吊胆地度过了危机，所以才倍感幸福。就这样，妻子越感到幸福，我就觉得自己猥琐的形象更加鲜明。

前妻全然不考虑再婚也是我的一个痛苦，我认为她是故意要让我受到良心的谴责才拒绝再婚，因此我也曾怨恨她。

几年后我回到母校，巩固了自己在学术界的地位，生活也安定了下来，在别人眼中应该十分幸福了。妻子生下了儿子和女儿，前妻生的成奎很听继母的话，妻子也和抚养自己的亲生儿子一样精心抚育成奎，他的弟弟、妹妹根本不知道老大和他们同父异母。尽管如此，我的内心并不平静，自己的生活越是幸福，我就越对前妻感到愧疚，觉得自己无以回报她从危机中拯救我的那颗真心。有一次，我因为研究会的事去了济州，见到了成奎的生母，她很高兴。我先是礼节性地向她问好，接着追问她为什么不结婚。我是多么狭隘又自私啊！

“我一辈子有你一个人就足够了，虽然我们不在一起生活，但是我对你的爱永远不变。在别人眼里，我是一个曾经有过婚外恋的女人，但是主耶稣知道一切，所以我心里很平静，你也不要因此有什么压力。你们能好好抚养成奎，我就很满足，也很感激。”

她轻描淡写的话反倒让我发了火：

“你这是以爱我的名义让我的良心永远受到谴责！”

“谴责？你别这么想。我只是在讲不再婚的理由，请你忘记我，不要有任何包袱。我想着你，完全是我自己的人生，与你没有任何关系。”

她哽咽着诉说。我再次感到在她面前自己那么渺小，我羞愧难当、无地自容，只得请求她原谅。在那一刻，我看到了自己的另一面。我体会到，这个女人真的爱着我。同时我也意识到，罪孽深重的人无法接受他人纯洁的心灵，学术热情和社会地位也无法帮助我了解自身，因为我对自己太不诚实。

“不要试图让自己的人生过于确定无误，那不是人能做得到的。”

分手的时候，她说了这么一句，让我的心一下子沉了下去，长时间愣在那里。关于人生，她已经洞察到了我想都没想的部分。

从此以后，我努力让自己打起精神，积极生活。事情真是奇妙，我的家庭逐渐具备了更加幸福的条件，妻子在翻译领域得到承认，孩子们健康、伶俐又懂事。可越是这样，在那个女人面前，我变得越发寒酸。从那时起，我才开始留意观察自己，我的学术和人格、眼中看得到的幸福、世人的赞扬和获得的荣誉。我发现这些与自己的真面目相去甚远，越发了解到对自己的无知，眼前不禁一片黑暗。我走近了长期以来敬而远之的上帝，因为我觉得他更准确地了解我的一切，在他面前我可以得到自由和安慰。然而，从他那里我也没能得到安慰，站在他面前，曾经忘却的缺点和罪恶反倒像晴空的星星一样涌现在心中。我无法把一切都托付给他，我试图用自己的努力洗刷羞耻，偿还对那个女人欠下的债，可是我越想这样，越是枉费心机。

我讲起故事如有神助，滔滔不绝，越是惭愧、难过的内容，越是讲得畅快淋漓。我正在成为一个讲故事的行家。

尹大夫听着听着，表情开始变得僵硬。

“就讲到这儿吧，您太累了。”

他拦住我的话头，叫来了护士长，示意让我休息。看来大夫也不明白讲话者的心啊！谁能懂呢？望着尹大夫的背影，我突然感到头晕目眩，难道这就是心力交瘁吗？可我心里为什么这么舒服？我感觉，已经离开人世的成奎的生母此刻正看着我。

6

昨天晚上，母亲好像又在父亲的书房里熬了一夜。听妻子说，母亲白天没说要去见父亲，午饭也没吃。我为母亲焦虑、担忧，却又不能对弟弟、妹妹说。

下班以后，我来到父亲的书房，母亲正坐在父亲的书桌前读着什么。

“您休息休息再忙吧，别累坏了。”

我的话虽然不合适，可是我实在想不出说什么能安慰母亲。

“你父亲生病，我怎么能舒舒服服地待着呢？我这是和他一起生病。”

“生病？”

“我要把他痛苦的过去清扫干净，要么就和他一起分担、一起难过。”

分担痛苦？人与人之间真的能分担痛苦吗？瞬间我打了个寒战，觉得认为痛苦可以分担的母亲有些吓人。

“这几天，我好好研究了一下你父亲。我和他生活在一起，可现在才知道，我们一直像陌生人一样生活在完全不同的世界里。知道这一点让我很悲哀，我一向自豪地认为我们是世界上最幸福的夫妇，事实根本不是这样。难道所有的夫妻生活状况都各不相同吗？你父亲都到了这种地步，我们做妻子、儿女的却对他的处境全然不知。太痛心了，他第一天在住院室让我们赶紧走，还不让我们常来，都是有深意的。尽管如此，我还认为遇到你父亲是幸运，一直都很幸福……”

母亲像是在倾诉，不时有些口吃。

“妈，您不要试图分担父亲的痛苦。有些包袱必须由父亲背，其他任何人都无法代替，夫妻、子女也不能。我们只能在旁边看着，为他着急。人生就是这样，这是人力所不能及的。”

我希望母亲能平静地接受这一切。

“为什么不能？我要让你父亲放下包袱，如果能替他背，就和他分担。我要先得到他的原谅，是我不懂事，一直不知道他的痛苦。”

母亲似乎已经下定决心。我瞬间意识到母亲还是原来的母亲，不禁有些害怕，不知道她会做出什么。事情的结果不可能像母亲想的那样，这明摆着，我怕母亲为了实现自己的想法硬要去做，那麻烦就大了。

“因为我爱过去的时间，所以我完全可以分担你父亲的痛苦。”

母亲环视整整齐齐摆放在地板上、书桌上的父亲的著作，嘟嘟囔囔地说。从第一部著作——《英国小说人类学》到最后一部——《作为人文学的文学》，父亲的著作共有二十多部。

“这些书都是经我校对定稿。”

母亲擦拭了一下湿润的眼眶，噘着嘴说。

“为了对我没能继续学习做补偿，你父亲每次出书，都让我做最后一遍校对。‘你辛苦一下，你读一遍我才放心。’每次从出版社拿到最终清样后，他都交给我。那时候，我就再次体会到开始在你父亲研究室的一个角落里边学习边为他整理文稿时的兴奋和紧张。读书稿的时候，我永远是个研究生。我一辈子都在等待着你父亲出书，因为他，我不能老，他的学术热情隐然中渗透进我的血管，成为我生命中的活力因子。如果把我拥有的研究生的青春和热情注入你父亲身上，他就能够复原。”

母亲的口气中带着某种自信，越来越有力量。

这可能吗？

我对母亲的这种坚定的自信感到恐惧，母亲曾经享受的所谓幸福对父亲而言可能并非幸福，他们错位如此严重，母亲怎么能替父亲分忧呢？

“儿子你也研究一下你父亲。”

母亲给了我几本父亲的日记，叮嘱我说。那是六十年代末到七十年代初父亲写的日记。

“这个时期是你父亲最艰难的日子，我却沉浸在幸福之中。我怎么那么不懂事……”

母亲避开我的视线，低声说。

我拿着日记本回到书房，可一点儿也不想读。那些都是被父亲忘却的时间，是父亲自己的时间，任何人都不能干涉或侵犯。

父亲的病情逐渐开始好转，先是不愿见人的症状减轻了，我们去，他会笑着跟我们交谈，这已是万幸。但是母亲出了问题，她一直抱着往日与父亲的爱情生活到今天，当她发现在那份爱情背后隐藏的父亲的痛苦，便开始对那份爱情也产生了怀疑。

母亲渐渐开始在父亲的过去中反省自己，在书房里探索丈夫的过去，了解到在自己感到幸福的那些日子里父亲却在与愈来愈近的不安、自责与羞愧做斗争。他的处境那样危急，自己却像不懂事的孩子一样沉浸在幸福之中。夫妇的处境竟然相差如此之大，让她越想越觉得不寒而栗。在那种情况下，丈夫却没有流露出丝毫忧郁的神色，这让她觉得丈夫是个可怕的人。当读到丈夫对前妻的羞愧和自责，她无法理解两个女人在他心中并存的情形。但是，她不能因此逃避过去，那不曾知晓的沉重的过去真真切切地出现在母亲面前。父亲可以通过倾诉重新确认自己过去的真实面貌，面对父亲不同的面貌，母亲却困惑不已。

除此之外，一想到自己与父亲相识后获得的幸福是以父亲与前妻的痛苦难过为代价，母亲便陷入了深深的自责。每天见过父亲回来之后，母亲就在书房里熬夜，努力洗刷自己的错误，她认为自己在为所犯的罪恶受惩罚。

她本想通过回味父亲的过去及与他的相识来补偿父亲的不

在，父亲的另一种面貌却使她茫然无措。

“主啊，请原谅我的罪恶，是我诱惑了他，是我以爱的名义占有了他的一切。”

结婚之前那些激动美好的回忆清晰地浮现在眼前，越是这样，母亲的痛苦越深。她觉得，是自己不满足于只在心中爱慕英俊又有实力的教授，偷走了他的肉体和灵魂。如果自己接受父亲的劝说去美国留学，那父亲又会怎样呢？他还会离婚吗？越是这样想，母亲越认为自己罪孽深重。

为了承担自己犯下的错误，父亲住进了精神病院，那是他为自我救赎所能选择的唯一一条道路，在那里，他说出了自己的过去。但是母亲失去了机会，她很晚才发现自己的另一面，茫然不知该如何面对，她也没有可以倾诉的对象。既然不能向外部发泄，便逐渐集聚在她的内心。她不仅无法斩断与父亲的枷锁，自己的人生又被新的锁链捆绑，解脱的道路更加漫长遥远。

母亲每两天去见一次父亲，每次回来，母亲都无法理解一起生活到今天的父亲，那份爱情越想越感到困惑不解。

“你为什么不把那么沉重的精神负担告诉我呢？”

母亲说出一句埋怨父亲的话。

“因为我害怕，我害怕说出来，害怕我们的关系崩溃……”

父亲知道这种解释不通，就停下不说了。在完全相同的情况下，夫妻的处境竟然如此不同，对此父亲也无法理解。

母亲一天比一天消瘦下去。整个世界一片黑色，在医院里见到的父亲的脸色是黑的，医院院子里落叶松日新月异往外冒的嫩芽是黑的，儿子、女儿、女婿、儿媳，甚至在教会见到的那些面孔都是黑的。

父亲出院的那一天，母亲住进了父亲住了六个月的那间病房。

树林的故事

孩子从学校回到院子，从腰间解下包书的包袱，扔到廊台上，跑进了里屋曾祖父的房间。他心不在焉地行个礼说——从学校回来了。叼着旱烟袋的曾祖父看也没看他一眼。孩子飞跑进厢房爷爷的房间，里面没人。他又来到对面父亲的房间，向正在读一本厚书的父亲行礼，父亲也没有答话。连父亲也不搭理我，今天大人都很奇怪啊。

孩子来到里屋，拿起扔在廊台的包袱，走进了和曾祖父的房间一墙之隔的自己的房间，自己学习常用的书桌不见了，那可是爷爷用后山砍的毛榉树给小叔打柜子时给我打的。怎么回事？那不是初中的事吗？我现在是小学生啊。孩子想。

我的书桌去了哪里？孩子跑出房间，穿过廊台，朝厨房喊。母亲从厨房里走出来，她只看了孩子一眼，没有回答，孩子这时才想起母亲已经去世很久了。我是在做梦吗？曾祖父、祖父还有父亲都已离开人世。他这么想着，母亲穿着一身白衣、挎着个小竹篮走到院子里。妈妈！孩子喊道，母亲连头都没回。妈妈？他又喊，老人从里屋探出了头。

那是自己刚刚去问安的曾祖父，老人似乎仍然不认识自己。他们为什么这样？难道家里的长辈都忘了我？既然是五十多年前，他们是不是忘了我的长相？他们去了另一个世界，当然不认识这个世界的人了。一瞬间，孩子悲从中来。

你为什么哭？天上传来老人的声音。书桌不见了。你的书桌？为庆祝你上初中我给你打的那个？我看见它刚才去了后山树林。后山树林？它说那里本是它的家。它的家？是啊，那不是砍了后山林子里的树打的吗？那里也算是它的家。老人的声音传遍了整个树林。

原来我真的在做梦。孩子这么想着，来到院子里，考虑是不是去树林里找书桌。曾祖父走出房间，从孩子身边走过。您去哪儿？老人没有回答，迈着小碎步，一会儿就走出了老远。

孩子也跟着老人，穿过院子，走向屋后的篱笆墙。突然出现了好几位穿白衣服的老人，看背影孩子就知道他们是谁，那是曾祖父、曾祖母、祖父、祖母、父亲和母亲，还有参加日军后死在军中的年轻的叔叔，走在最后的是妻子。妻子？我的妻子？这些人悄无声息地逐渐走远。爷爷！奶奶！爸爸！妈妈！老婆！孩子从后面跑着追赶，但声音只在嘴里打转。距离他们越来越远，孩子提高嗓门拼命地喊。所有的人都消失了，周围变得一片黑暗，草屋顶上刮过一阵狂风。孩子一骨碌翻过了篱笆墙，走进长辈们消失的后山树林。

低矮的后山被一片树林覆盖，他一走进去，鸟儿就唧唧喳喳地打起招呼，那是乌鸦、鸽子、黄莺、灰椋鸟、金翅雀、麻雀，等等。他走进树林深处，松鼠、獾、野猫、蜥蜴、蜜蜂还有不知名的昆虫都叫了起来。一阵风吹过，树木剧烈地摇晃，树枝突然变成了人手，抬起了孩子，像是大人让孩子骑在肩膀上。孩子没有翅膀，却在空中飘着。

孩子俯视下方，长辈们养护的树林映入眼帘。长辈们种下能成材的树木，像对待子女一样精心培育。不过，从上面俯瞰，孩子也发现有不少并非人工养育的奇异树木、野草和无名的鸟儿、昆虫，还有缠绕树木和岩石的藤条。周围安静下来了，声音渐渐远去，树林消失了，茫茫原野出现在眼前。在尘土飞扬的原野上，老人独自站在那里。

我从床上一骨碌爬了起来，原来我是在首尔儿子的公寓楼里，客厅里传来一早要上班的儿子走动的声音，真是个怪梦。

“爷爷!”

房门开了，上小学四年级的孙女纯英抽抽搭搭走进来。

“怎么哭了？发生什么事了?”

我让孙女坐在旁边，哄着她。

“我梦见了奶奶，她明明看见我了，却不搭理我。”

我的心一下子沉了下去。我也在梦中见到了妻子……

“爷爷，死了的话在梦里见到家里人也不认识吗?”

“因为那是梦，也许吧。”

我没有明确回答。因为那是梦？人死了在那个世界相见也互不相识吗？我想着梦中的妻子，自己问自己。

“因为那是梦，奶奶没认出来。奶奶想纯英了，所以出现在你的梦里。可是你长得太快了，奶奶认不出来了。你都长这么大了，而且是在夜里，奶奶肯定一下子认不出你来。”

我安慰孙女。纯英这才不伤心了，停止了抽泣。

“我梦里见到的奶奶现在在哪儿呢？”

纯英乖乖地坐在我身边问。

“应该是在天堂吧。”

“天堂在哪里……？”

“在很远的地方，活着的人不知道。”

“比月亮还远吗？”

“听说死去的人和活着的人生活在不同的世界，人死了就去那个世界，那里比我们生活的这个世界更美、更好，做好事的人在那里永远幸福地生活。”

听着我的解释，纯英点了点头。话虽然这么说，其实我自己并不确定。随着年龄越来越大，一切都变得不确定了。

“爷爷，请您去奶奶的墓地问问她昨天见没见到我。”

听到这话，我心里突然忐忑起来。梦醒之后，我原本就想着回趟老家呢，纯英怎么知道我的想法呢？

“好，我去墓地问问你奶奶。你和我一起去吗？”

我忽然想，最好和孙女一起回家。

“这个周六去吧。下周一是植树节，不去上学……”

“对，周一是寒食，正好是为祖先扫墓的日子。”

和孙女约好之后，我更加想念妻子了。

妻子去世已经五年了，关于她的回忆却总是栩栩如生，就像在昨天，哪怕是现在，只要回到老家，我还是觉得她似乎会顾不上穿鞋就跑出来迎接。我本以为来儿子家只是和妻子短暂离别，可梦见她的时候，她不跟我说一句话。难道我们如今真已成为相见不相识的陌路人了吗？

榉　树

从大路进院子的窄胡同叫“奥来”，老人就是在进出“奥来”的过程中年纪越来越大。

在小胡同中间，挺立着一棵巨大的榉树，向四周伸展着枝桠。向上延伸的树枝像屋顶一样遮住天空。大树底部用铁栅栏围着，旁边竖着一个牌子，上面写着“村树”。

“爷爷，这棵树是村树吗？”

孙女读了一下白牌子上的字，仰头看着爷爷问。

“是，这是郡里为保护古树指定的村树。”

老人坐在树阴下一块扁平石头上给她解释。孙女用双臂量了量树围。

“有五围多呢。”

“该有这么粗了。爷爷跟你一般大的时候，它就五围多了。”

在放学回家的路上，老人曾经用双臂量过这棵树的粗细。

“我和你这么大的时候，这棵树已经这么大了。”

有一天，自己的爷爷张开双臂量着树围对孙子说。

“爷爷的爷爷小的时候，这棵树也……”

老人说起往事，孙女似乎不相信，眼睛睁得大大的。

“后面那片树林里有好多这么大的树。以前整个村子都是树林，后来很多人到这里聚居，就开始砍树盖房子、打家具。”

这也是老人小时候听长辈们说的。

听了这话，纯英计算起爷爷的爷爷的年纪。

老人靠在榉树树干上，内心沉静下来。他轻轻闭上眼睛，曾祖父母、祖父母、父母、叔叔、妻子……无数张脸出现，又立即消失。

孩子坐在晚秋阳光十分明媚的西厢房廊台上晒太阳。家里没人，孩子在等家里人，他打了个盹儿。忽然传来了脚步声，妈！孩子顿时睡意全消，起身跑到院子里。院里空无一人，门前的胡同里倒有些动静，那是长辈们的说话声，这是爷爷的声音、区长爷爷随和的声音，那是长房老爷爷的叔伯兄弟，那是搬到了镇上的叔叔，那是同村的朋友奎范……打盹的孩子嘴角浮现出微笑，涎水也流了出来。

看着爷爷的脸，纯英吃了一惊。爷爷在小声嘟囔些什么，脸庞看起来像小学生一样稚气。纯英把耳朵贴近爷爷的嘴边，隐隐约约听见些什么，却听不真切。

一个戴宽檐纱帽的青年骑着匹褐色大马进入门前的胡同，马的鬃毛一起一伏。青年下了马，四周张望一下，把马拴在榉树上，走进了大门。过了一会儿，爽朗的笑声传到屋外。从旌义辖区走山路来济州牧的读书人路过这个村子时都会来向这家的长辈问安，曾祖父虽然读书不多，但是外貌俊伟，力气出众，专心养护后山树林、养育牛马。

挎着长刀的巡警骑着马来到了房前的胡同。

这些巡警来自乡政府所在村庄新设的派出所。他们把缰绳拴在榉树上，走近大门，其中的一个人用脚哐哐地踹门。从里面出来一个壮丁，打开门，巡警们带着哗啦作响的长刀走进院子，用日语叽里咕噜地说了些什么。曾祖父坐在里屋厅堂门边，抽着长长的旱烟袋，对巡警不理不睬。旁边的一个巡警开了口：

“老人家，我们在问您孙子的消息。”

那个巡警是朝鲜人，对老人毕恭毕敬。

“那小子已经不是这家的人了，我们也不知道他的消息。”

爷爷摇摇头。巡警察看了一下房子四周，转过身。

“有消息的话请一定告诉我们，这都是为了您孙子好。”

朝鲜巡警说。

身穿军装、扛着长枪的日本骑兵来到门前的胡同，后面跟着乡里的办事员、村里的保长以及几个青年。军人下了马，抬着一口白箱子走进院子，屋里突然响起一片哭声。当日本兵的叔叔被装在骨灰盒里回了家。

深更半夜，胡同里一片嘈杂，被窝里的父亲赶紧爬起身，穿上衣服从后门逃走。紧接着，一群警察进门搜查父亲。

为围剿武装队，驻扎在村中乡祠里的军人随时闯进家中，孩子在院子里玩着玩着，只要门前胡同里响起杂乱的脚步声，就边察看大人的眼色，边准备悄悄溜出去。

“孩子，你去哪儿?”

母亲摆手阻止孩子。大人们不愿意让孩子和军人多接触，可是孩子盼着有支枪。军人卸下弹夹，把枪递给孩子。

“呀，会出事的，还不赶快还给人家!”

母亲一脸惊恐地夺过枪还给军人。军人出去了，孩子也想跟着出去。这时，胡同里响起“哒哒哒哒”的枪声，母亲一把抓住孩子，搂在怀里。

“哈哈哈!”

传来了军人们的大笑声。

孩子很想知道枪声是怎么回事，却被母亲紧紧拽住。

曾祖父走进门里。

“咳，这些人闲得无聊乱开枪，树遭殃了。”

他自言自语着，仰望天空。

“什么事……”

母亲向曾祖父询问事情的经过。

“那些军人对着榉树乱开枪，他们想看看能不能打穿那棵树。可榉树多结实啊，子弹根本打不透，大炮恐怕也不容易……”

曾祖父咋着舌朝胡同张望。

“噠噠”，枪声再次响起。

有时候，路过村中大路的军人们会到胡同里的榉树树阴下休息，觉得闷了，就朝榉树扫射。村里的孩子们只要聚在胡同里，就在榉树树干上找弹孔。树干一侧有不少子弹钻进去的痕迹，可是哪里也找不到子弹穿透树干钻出来的痕迹。

“挨了几十枪，却一点儿事没有，看来树比人强多了……”

仰望遮天蔽日的榉树枝头，孩子们觉得很神奇。

“呀，这是守护咱们村的大树，哪能挨几枪就死呢?”

上初中的小叔反驳孩子们。

“对，这棵树是村子的守护神，当然不能挨几枪就死。树比人更强大，这棵树在我小时候就长这么大了。听爷爷说，在他搬到这里之前也就是爷爷小的时候，它已经这么大了。这棵树在这里生长了好多年，它的根可能已经延伸到了全村的地下，所以它连子弹也不怕。”

曾祖父亲自向叔叔和小家伙们介绍起这棵树。

“树吞下了所有的子弹。这棵树有几百年了，对它来说，铁丸、子弹之类的根本不算什么。子弹会在树里烂掉，一点痕迹都留不下。树就是这么强大。”

听爷爷这么说，孩子们都点头。

打盹的老人醒了。

“纯英啊！刚才爷爷在梦里见到了自己的爷爷和叔叔，看到了爷爷比纯英还小的时候发生的事，你想听吗？”

老人梦见的是他以前经常听到的事，纯英觉得这个故事很有意思。

“爷爷您说您比我还小，我不信。难道有一天我也会变成像爷爷一样老的奶奶吗？”

纯英不愿意相信这一点。

老人站起身，在榉树树干上寻找痕迹。他围着树转了一圈，用手掌仔细地摩挲着在他胸口高度的树身，却没有发现任何痕迹。

“大树把那么多子弹都化了。”

老人把曾祖父的话原封不动地讲给孙女听。

孙女似乎觉得很神奇，看看枝繁叶茂的树枝，点点头。

“这棵树隐藏着这个村子不为人知的秘密，它不只是一棵树。刚才爷爷打盹儿的时候见到了好几位长辈，这个胡同就像一本历史书，留着很多人的足迹，承载着他们的故事。”

孙女点点头。

这个胡同里留着无数张面孔和他们的足迹，一年四季，人们的生活都离不开这里。为播大麦种子，人们把肥料运到这里，为盖茅草屋顶，人们在这里搓麻绳，人们还把牛、马临时拴在这里，外地人进院子之前在这里稍作休息，夏天人们把门板拆下来，在树阴下搭一张高高的床，过路人在这里休息、乘凉。

“纯英啊，爷爷曾经在这里撒过花种、养过花。”

老人讲起自己在耐冬树成排的篱笆墙下朝阳处种凤仙花、鸡冠花和草茉莉的事。

“爷爷还种花?”

纯英不信。

到了春天，就算不撒种子，篱笆墙边都会冒出花苗芽，这是前一年掉落的花籽发出的芽，孩子觉得这无比奇妙。早春，凤仙花苗先发芽，它长大了，孩子就为它除去杂草，运来小石子，围出界线，整成一个花坛。再过几天，火红的鸡冠花苗也发芽了，紧接着草茉莉也冒出头来，长得太疯被母亲用镰刀割掉的美人蕉也一天天蹿得越来越高。

从二年级开始，孩子在完成学校布置的作业——“观察花草”时，就一直以篱笆墙下的花作为观察对象，他每两三天就在本子上画下花儿长大的样子，再配上文字加以说明。整整一个学期，他认真地写下观察日记，这本日记后来还在道①里的科学博览会上获了奖。听老人讲观察日记的事，孙女不信。

“爷爷您也有像我一样小的时候吗?”

---

① 道，韩国地方行政单位，相当于省。

“我还有比纯英更小的小宝宝的时候……”

纯英第一次见爷爷的时候，他就像现在一样，是爷爷，所以她以为爷爷从一开始就是爷爷。

“爷爷小时候是怎么过的?”

“我在离这儿十里外的学校上学，放学回家，经常在这棵榉树的树阴下休息，有时候还在这里等爸爸。”

“爸爸?”

“我的爸爸，也就是你的太爷爷。”

“太爷爷?”

“爷爷的爸爸长期在外地生活，我曾经问妈妈自己是不是没有爸爸，有一天爷爷告诉了我家里的事。”

父亲在孩子出生之前离开了家，所以孩子没有关于父亲的幼年记忆，代替父亲常在他身边的是爷爷和叔叔。母亲总是紧闭双唇，像影子一样无声无息地跟在奶奶后面，一天到头几乎听不到她说话，有也只是用“是”回答爷爷、奶奶，声音低低的，若有若无，不像是回答，倒像是自言自语。

解放后一年过去了，一场秋雨过后，天气凉了下来。黄昏时分，一个拎着大皮箱的陌生青年走进院子。家里人一阵手忙脚乱，青年走上木廊台，从曾祖父开始向长辈一一行礼。

几天以后，警察分局的警察来找父亲，正好父亲不在家。

此后，父亲常常夜里回家睡一觉，凌晨早早地出去，因此孩子难得见到父亲。

父亲又不回家了，母亲的肚子渐渐鼓了起来。有一天，孩子醒得很晚，睁眼发现是奶奶代替母亲坐在身边，原来母亲去姥姥家生弟弟去了。

从那天起，孩子就在门前胡同的榉树下等父亲和母亲。从学校回家的路上，他常常在胡同口停下脚步回头看看，似乎父亲会突然冒出来拉自己的衣袖，所以，他总觉得从胡同回家的路特别长。

老人拍拍屁股站起身，仰望遮天蔽日的榉树。岁月如梭，往事也被逐渐淡忘，榉树越来越清静。

如今已经无人可等了。

房　子

这栋房子是我的高祖父分家后到这里定居时建的，高祖父在这栋房子里有了曾祖父，曾祖父有了祖父，祖父有了父亲，母亲又在这栋房子里生下了我。我长大了，长辈们却一个接一个地离开，最后，连陪伴在我身边的妻子也离我而去，我成了孤孤单单的一个人。我独自在这里坚守了两年，后来去了城里的儿子家。

房子里一片寂静，看来照管房子的大嫂看来暂时不在。虽然这是座空房子，院子里仍然有一片绿茸茸的草地，春天的阳光倾泻在院子里，仿佛发出噼里啪啦的声音。

从我退休两年前开始，妻子就在院子里种植传统草种的草坪，还在院子边的空地上修建花坛，种上从城里女儿家院子里运来的冷杉。那棵树外表高洁优雅，内部木质坚韧、结实，是济州汉拿山的代表性树种。我当然知道妻子的用意，她希望日渐衰老的丈夫看着这棵树能继续保持严谨的生活态度。不仅是树，一年之后，草坪也绿意葱茏，上面的黄色鸡冠花就像婴儿的眼睛，开得天真烂漫。妻子还挖来野花，随意种在空地上，让庭院成了四季鲜花盛开的花园。现在，院子里到处还留有妻子劳作的痕迹，她的语声还在耳边响起。

我拉着孙女的手，并肩坐在里屋的栏杆上，我感到精神恍惚，浑身乏力，身穿雪白漂白布衣裙的妻子似乎会立即出现在眼前。

“爷爷，这栋房子是什么时候建的？”

孙女望着铺着厚稻草的草屋屋檐问。

“很久以前，大概……”

我给孙女讲述了高祖父分家后来到这里成家立业的经过。刚开始，他只盖了里屋，有了曾祖父之后，他盖了东厢房作为纪念。后来，养牛养马致富的曾祖父有了祖父之后，盖了兼做牛棚、马厩的仓库和兼做库房的门洞作为纪念。这样，房子就有了四栋，组成了一个四方形。

解放以后，有几年兵荒马乱，由于这里属于从海边往汉拿山方向走十里左右的山坡村落，成了左翼武装队的解放区，警察的围剿越来越彻底，村里人要么上山参加武装队，要么被疏散到设有警察分局的乡政府所在海边村庄。

一度销声匿迹的父亲回了家，在爷爷房间里一起议论了些什么。第二天，村里的十来个壮丁来到家里整理家什，拆掉后山林中各处的石墙，把东西藏在里面，有些东西还装入大缸埋进了地下。

接着，包括木匠在内的所有人开始一起动手拆里屋和厢房，先卸下屋顶和椽条，再按顺序拆掉檩条和柱子。木匠在拆掉的木料上都用墨水做上标记，雇工们把拆下来的木料搬到后山树林里堆积起来，在上面盖上编好的茅草。

军警的围剿部队点火焚烧了村里的房子，没拆的另两栋被付之一炬，我们被疏散到了姥姥家所在的海边村庄。两年后重返村子，我们用藏起来的木料重建住房，另外两栋也砍了后山林中的树木重盖了起来。

后来家里开始种植柑橘，便拆掉了两栋房子，改建成柑橘仓库，只有里屋和厢房仍保留着原貌。

我给孙女详细讲述了房子的来历。

“怎么盖房子呢？”

听说拆房子再建以及爷爷的爷爷和爸爸从后山砍树盖房子，孙女似乎不太理解。

小时候盖房子的事我还记得一清二楚。

由于事态尚未完全平息，被疏散到海边村庄后重返故乡的村民们筑起一座城堡，搭建起临时草棚，又在里面住了一年。

在我初一暑假即将结束的时候，爷爷带着木匠和雇工们去了旧宅所在的地方，我也跟着去了。人们割掉了茂盛的杂草，旧房子的柱础石和石头外墙露了出来，人们运回藏起来的房子木料，按照木匠的指令，把柱子、大梁和椽条放回原处。

石匠们把柱础石在原位固定好，木匠们从标着“柱”的柱子开始，从中间朝四面一根根竖起，正方形的长柱子里外各两对，外面的叫“外柱”，里面的叫“金柱”。柱子立起来之后，再架起檩条连接柱子的顶端，利用它们搭起大梁，上面再用脊垫板连接出一个更小的正方形。只要在第一根檩条和脊垫板上架上大梁，房子的结构就搭建起来了。大梁要在上梁仪式那天放上。

我看了半天盖房子的过程。

“这种木料去汉拿山也难找，用它第一次盖房子是一百多年前，可现在不还像新木料一样结实吗？”

看到在外面放了几年拿出来的木料一点都没烂，木匠由衷地感叹。

“木头比铁结实得多，如果是铁，早就锈得不能用了……”

木匠再三强调木头的结实。

“这些木头这么结实，再过一百年也没有问题。”

听木匠这么说，爷爷看着我微笑。

“能用到我孙子这一代吗？”

“当然，那是一眨眼的事儿，到孙子的孙子也没问题。”

“光木料结实有什么用？还得盖得结实呀。”

爷爷笑着看看木匠。

“您别担心，这栋房子是这个村的宝贝，我能糊弄吗？我爷爷可是这山南地区有名的都木匠，我爹也是，我们一家三代不都是木匠吗？”

“你家长辈给我修了烧毁的马厩和门洞，所以这不又请你来了吗？”

“惭愧，就算本事不够，我一定尽心，把以前我们家老一辈的手艺都拿出来。”

听了木匠的话，爷爷非常满意，满面笑容。

在举行上梁仪式的那一天，来了很多村民，他们用绳子从两头系上做大梁的木料，拉到已经放好的脊垫板上面，使它成为最高的檩条。然后，都木匠拿着已经准备好的公鸡，像念咒一样自言自语一番，用斧头飞快地砍断了公鸡的脖子，鸡血流出了几滴。木匠把没头的公鸡往地上一扔，公鸡扑腾两下就不动了。

开始盖外屋了，每天有四个木匠和五六个帮忙的年轻人来到家里，从一大早干到晚上，一刻也不停歇。

过了十来天，房子的主体基本完成，就等着糊泥了。

村里的女人们从早晨就开始背着水缸汲水，把水快速地倒进整齐摆放在院子一角的大水缸里，男人们则在菜园一角挖坑备泥。

在糊泥的那天，更多的村民们来到我家，家里就像大摆筵席一样，招待雇工们吃早饭。饱餐一顿之后，人们便开始各自忙起自己的活计。

有人把昨天挖的泥用草筐装进牛车，运到院子里，然后把堆积的泥土中间弄凹，周围垒高，再往里面倒水，雇工们就赶紧用铁锹和泥，其他人把铡成一拃长的稻草往泥水里扔，和泥搅拌在一块儿。就这样，运泥、堆泥、倒水、踩踏、再掺稻草，糊墙的泥就准备好了。

“现在开始糊泥。”

木匠大声下令，人们就忙活起来。糊泥从屋顶开始，有人用背架背着和好的泥，爬梯子运到屋顶，有人从下面向屋顶扔泥团，用椽子连起来的屋顶是用细木片和竹子密密编成的，上面糊上泥巴，泥巴干了，再在上面盖上茅草，屋顶就完成了。只有经过这样的工序，屋顶才能耐得住严寒、酷暑和湿气。里屋的屋顶糊完，已经到了午饭时间。

村里的孩子们也都来了，长辈们喜欢人多，据说办大事的人家人多才有福气。院子里临时支起三口大铁锅做饭，午饭是红豆大麦饭配猪肉马尾藻汤，比早饭更加丰盛。

吃过午饭，人们开始糊厢房的屋顶。

第二天糊的是屋里的泥巴。先在房间之间竖起密密的柱子，在柱子和柱子中间立起板子，隔成一间间的，上面再用竹子和劈得很细的木头编起来，然后糊上泥巴，做成泥巴墙。大人们干活的时候，村里的孩子们就像自己家的事一样，兴致勃勃地东瞅瞅西看看，兴高采烈。

屋里的泥糊了两天。

我没能看到房子最终完工，学校开学，我回到了镇上。

中秋节前后，学校放假几天，我回老家过中秋。走进新房子前的胡同，我简直像在做梦，那感觉就像小学放学后一路小跑进胡同时一样。

“回到老房子里生活，就又能感受到老辈人的音容笑貌、生活中的点点滴滴了。咱们能这样平安无事，都是祖上的阴德。”

祭祖之后，大家分吃祭品的时候，爷爷对全家人说。

我坐在廊台上，朝院子和篱笆墙外面的小胡同望去，曾经在这个院子里进进出出的多张面孔一闪而过。曾祖父、祖父、父亲以及参加日军后死去的叔叔、穿着白色麻布衣裙的曾祖母、祖母、母亲和妻子，他们都离开了，只剩下了曾经是初中生的我。

在空荡荡的院子里，初夏的阳光倾泻在草地上，黄色的蒲公英在微笑，它变成了妻子的模样，后山树林里传来布谷鸟的叫声。一阵寂静袭来，草绿色的院子变成了一潭湖水，湖水中人们在缓慢地游泳，有曾祖父、曾祖母、祖父、祖母、父亲、母亲、叔叔和妻子。他们向我招手，我变成了孩子，像要洗澡一样，赤身扑通跳了进去。

家　人

我出生后，家里是九口人，他们就是曾祖父、曾祖母、祖父、祖母、父亲、母亲、二叔和小叔，还有我。父亲的姐姐——大姑姑嫁到了邻村，逢年过节偶尔回来一趟，祖父的两位弟弟分了家，住在村东头。

我上面曾经有两个哥哥，听说都不满百日夭折了，因此，尽管我是第三个出生，却成了长孙。我出生后，本来担心抱不上孙子的长辈们松了一口气。父亲声称要学习，一直在外地漂泊，母亲一个人侍奉着公公、婆婆和太公公、太婆婆。

老人走上廊台，走近长辈们常待的大门边号令厅，用手拂拭门槛，仿佛在抚摸长辈们的手。

"每当我放假回家，总是在这里向爷爷行礼。"

说这话的爷爷就像在恍惚的梦境之中，纯英感觉他看起来就像一个上初中的大哥哥。她想起有一次在爷爷的影集里看到的一张照片，那是爷爷上初中时在学校和班主任一起拍的，现在爷爷的脸就是照片里的那张少年的脸，爷爷回到了六十年前初中生的时候。

此时此刻，老人打破了时间长河的界线，在其中自由地穿梭。没有界线的时间？难道有人看到过时间的界线吗？时间原本就无始无终地不断流淌，时间的界线是人为制造出来的。我是跨越时间界线的一只鸟儿，我要成为世界上最自由自在的鸟儿，在无限的时间中自由地翱翔。老人低声自语，像是在梦呓。他的身子越来越轻，肋下开始发痒，随着一阵晕眩，身体轻轻地浮向空中。

孩子用左手抓着从腰间滑下的包袱，跑进了洒落秋日阳光的院子。孩子，现在才回来？母亲向他招手。

孩子走进了里屋的厅堂，家里人都聚在了一起。今天是什么日子？有祭祀吗？要不就是谁生病了？全家人都神情黯淡地朝里屋坐着，一家亲戚也都在。孩子，你回来了。怎么回来得这么晚？躺在里屋的曾祖父吃力地坐起身。让我握握你的手。孩子不喜欢去曾祖父身边，曾祖父须发皆白，脸上布满皱纹，眼窝深陷，就像故事中的山神。孩子，太爷爷刚才就在等你，快行礼。母亲小声说。可他不想行礼，他似乎觉得行完礼，曾祖父就会立刻离去。在一再催促下，孩子向四周张望着走近曾祖父身边。孩子，向太爷爷行礼。孩子无奈地屈膝跪下，行了个大礼，不过他没敢正眼看曾祖父，他害怕看那张脸。这时候，忽然响起了哭声，声音越来越大，充满了整座房子。这时孩子才抬起了头，看到平躺着的曾祖父脸上盖着一块白色苎麻布。孩子这才“哇”地大哭起来。

曾祖父离开人世的那一天，孩子才第一次体会到死亡的含义。老爷爷去了很远的地方，再也见不到了。这就是他心里的感觉。三年前曾祖母去世的时候，他还没有任何感觉，那时他才六岁。

从某一天开始，疼爱自己的长辈一个个从家里消失了，孩子却不知道这就是死亡。大人们说“走了”的时候，他很好奇，长辈们到底去了哪里，后来他才知道，原来他们去了后山树林对面向阳山丘上芳草萋萋的坟墓。

从辈分最高的老人开始，家里的长辈一个接一个离开家，这让孩子觉得很奇怪。第一个离开的是曾祖母，家里好几天都熙熙攘攘，来了很多亲戚和吊唁的客人。孩子反倒很喜欢这种热闹的气氛，别的不说，能见到散居在各地的亲戚就很好，他们摸着孩子的头表示喜爱。

办完丧事之后，家里在里屋小房间里设了个屏风，摆放上了曾祖母常放在身边用的端正的竹篮和小柜子，还设了祭桌，每次吃饭家里人都单独给曾祖母备饭，阴历初一、十五都办朔望祭。亲戚们如果到家里来，就先去曾祖母的房间，在祭桌前祭拜。

曾祖母去世后三个月，孩子的弟弟出生了。老人走了，孩子出生，人们都说这家有福气。家里洋溢着添丁的快乐，胜过了对曾祖母过世的悲伤，大人们逐渐把关注的焦点集中到了弟弟身上。对此，孩子很难过，或许因为这一点，他更加思念离世的曾祖母。

只要看到田野里盛开着漂亮的野花，孩子就会摘下来，献到曾祖母的祭桌前，采了桑葚或野草莓，他也盛在盘子里，摆到曾祖母桌前，他相信曾祖母会吃，大人们都说这孩子孝顺。孩子上小学的时候，还到曾祖母房里行大礼，禀告曾祖母自己上小学了。

为去世的曾祖母办完两周年祭之后，又办了阴历十五脱丧祭，表示丧事已办完。曾祖母房间里的祭桌收起来了，大人们也不再穿丧服，丧主穿过、用过的麻衣、草鞋和哭丧棒都拿到后院烧掉，曾祖母的房间成了孩子的书房。祭祀那一天，全家人都聚在了一起，唯独缺少了曾祖母，此时，孩子才真切地体会到曾祖母已经离开家，喉咙像被什么紧紧地堵住了。

曾祖父的葬礼非常盛大，震动了全村，光挽幛就一百多张，在那么困难的时期，远近各地来吊唁的人在家里进进出出了好几天。一些陌生的青年特别引人注目，据说他们是父亲的朋友，来自济州岛内的几个地方。

他们与那些穿韩服、戴斗笠的老人完全不同，穿着板板正正的西装，看起来与众不同。他们当中还夹杂着警察局来的警察。

为招待吊唁的客人，家里一直像摆宴席一样忙乱，顾不上为曾祖父的去世而悲伤，直到葬礼结束。这也让孩子高兴，饭菜比平时丰盛，院子里、胡同里还有后院里到处都有人在玩掷柶[①]游戏、喝酒，不时爆发出欢呼声，让人没有闲暇为死者难过。

人们都说，这是本村有史以来最盛大的一次葬礼。下葬的那一天，曾祖父的灵柩在杠夫悲凉的歌声中缓缓离开胡同，丧主和全家人这时才放声大哭起来。孩子，老爷爷走了，再也不回来了。母亲对仍然沉迷于用花装饰的灵柩和杠夫丧歌中的孩子说，因为他的表情中没有丝毫难过，让母亲很着急。

曾祖父的灵柩来到村里的乡祠，他一生都是村里了不起的人物，建乡祠的时候，他拿出一大笔钱。在乡祠进行路祭之后，灵柩又被抬回家，杠夫们歇了一小会儿，接着去了后山的树林。下葬的地方曾祖父生前就准备好了，是树林对面山丘前朝阳的地方，上几代人的墓地并排坐落在那里。

灵柩在下葬途中改变了方向，朝树林行进。有人说，这片树林每天不都看得见吗？丧主回答，老人家像养育儿女一样精心培育的树林肯定也想表示哀悼。

灵柩好不容易进入树林，在最大的一棵榉树的树阴下停了下来，灵柩停放的地方是早已经准备好的。杠夫们退后几步擦汗，家里人排成一排，周围十分安静，连脚步声都能听得一清二楚。老人曾经像爱护子女一样珍爱这片树林，此时此刻，他的灵柩摆

① 掷柶，韩国传统游戏的一种。

放在这里，接受树林的吊唁。

微风拂过树枝，开始变黄的树叶一片、两片飘落到灵柩上。梧桐树宽大的树叶随风打着旋飘落到灵柩上，橡树叶子也落下来了，樱花树的叶子、缠绕在松树树干上的藤蔓叶子也落了下来，刹那间，各种叶片在灵柩上堆得满满的。不仅仅是落叶，葱茏的松树和耐冬也向灵柩上抛撒了几片叶子。人们呆呆地望着这个场面。

在孩子眼中，落在灵柩上的叶子幻化成一张张的脸，不是人类的脸，也不是兽类或鸟类的脸，它们在灵柩上亲吻，流下几颗泪珠。看着这个场面，人们的神情就像在美好的梦境中一样安详。

“呵呵，世上的生灵也尊敬他老人家呀！”

领唱的老人环视呆若木鸡的人们，轻声说。这句话就像一个信号，刹那间狂风大作，天昏地暗，浓云密布，紧接着，成群结队的乌鸦黑压压地遮盖了天空，它们在灵柩上方盘旋一圈，飞进树林散开。就在这时，藏身树林里的麻雀、鸽子、白头翁、暗绿绣眼鸟齐声鸣叫着出现，那声音大得惊人，连在下葬处往坟头上运泥土和草皮的雇工们都停下了手中的活计。

“来，现在请老人家动身吧。”

老人站起身，人们打起精神，开始行动，杠夫把灵柩扛在了肩头。

下葬了，爷爷把堆在灵柩上的树叶拢在一起，一层层摆放在了棺材上。

阴历初一、十五的时候，住在近处的家族成员聚在一起祭祀曾祖父。对曾祖父的去世，孩子没有什么切身体会，就像曾祖母去世时一样，他早晚到摆放着曾祖父祭桌的房间去问安，跟爷爷去上坟的时候，孩子还和他聊天。因此，虽然曾祖父、曾祖母的住处搬到了墓地，却并没有离开孩子。

有一天，孩子独自去曾祖父、曾祖母的坟墓，在离坟墓稍远、地势低洼的地方发现了一个窝棚，低矮的围墙用石头堆成，宽度能容两个人坐下，上面堆着成捆的牧草，看起来像个谷堆儿。走近一看，窝棚一侧敞开，当出口用。晚上，孩子问爷爷是怎么回事，爷爷笑笑说自己打算在那里住。

老人从号令厅门边走到院子中央，眺望着后山的树林。

无论是老人上小学、中学的学生时代、在学校当老师的青年时期，还是祖父母、父母、妻子死后埋葬在树林对面的时候，树林一直没有变化。人们一天天老去，树林却永远不变。人们的肉体日渐衰老，树林却日益繁茂，人难道不能像树林一样越来越繁盛吗？

大概是在我结婚一年以后，爷爷离开了人世。奶奶一去世，爷爷就缠绵病榻，尽管他患了顽疾，仍然撑了两年，家里催我结婚，也是因为爷爷的病情不容乐观。

爷爷去世五个月后，我的大儿子出生了。

“要是老人家能再多活几个月，就得偿夙愿了。”

第一次抱孙子时，父亲对爷爷去世早表示遗憾。我的心情很微妙，就像曾祖父去世后弟弟出生一样，我总觉得爷爷的死亡和孩子的出生似乎有某种关系。难道是为了让孩子出生，爷爷必须离开人世吗？这种想法使我无法充分表现出得子的喜悦。

母亲遗憾地感叹，要是孩子百日的时候爷爷还在，让他抱上曾孙子，他该多么高兴，父亲责备她说的是废话，还说：

“人的生死是永恒的谜。”

“小家伙快长大，在我有生之年要看你娶上媳妇。”

母亲说了句吉祥话。

“呵呵，你太贪心了。”

父亲对母亲的话不以为然，空洞地笑了笑，笑声中包含着无法实现的恳切愿望。算算孩子长大结婚的年龄和两位老人将来能活的时间，谁都知道这是个不太现实的愿望。在那一瞬间，我意识到死神正在走近这两位老人。

爷爷去世了，轮到父亲住内宅里屋了，一直住厢房的父亲却让我跳了一级，把长房长孙的权力交给了我。

“现在你来掌管这个家吧，我对自己没信心。家里的大小事有你母亲在，儿媳妇也不用太担心。我一直都在外面忙，没有信心处理好族里和亲戚之间的事，所以你就看着办吧，有问题就由我这个做父亲的承担。这事你爷爷在的时候已经和叔叔们都商量好了。”

父亲声称这事早已定下，便把长孙的权利和义务都交给了我。

父亲一直没有什么明确的职业，年轻时他投身政治运动，曾把警察招进家门。后来他回了家，从自由党执政时起，担任道议会议员，还数次担任执政党道委员会的负责人。作为地方有声望的士绅，他光挂名的地方就有十多处。他成了那些有意在中央政治舞台大显身手者的监护人，依靠从祖上继承的财产，一直衣食无忧。父亲有管理部下的才能，而且天生喜欢政治，却认为长房长孙的责任太重，自己承担不了。

尽管我名义上承担着长孙的责任，却没能好好履行职责。那时候，交通不像现在这么便利，我又辗转在道里的几所学校工作，一半时间都在外地。退休前几年，我才开始担任家乡初中的校长，正常履行长孙的责任，住进了内宅的大房子。可那时候父母都已经离世，成为家中的长辈只让我感到无限悲凉。现在轮到我了。一想到这个，我就能感受到曾在这个房间居住的长辈们的气息。

家里处处留有长辈们的音容笑貌，虽然他们已经离去，只剩下我自己，我却感觉一直和他们生活在一起。每当我打不开思路或者因为乱七八糟的事情心神不定的时候，只要轻轻闭上眼睛，静静地坐在那里，长辈们的表情和声音就似乎浮现在眼前，我心里就会轻松起来。只要一想起那些一辈子正直无私、事事尽心尽力的长辈，我就会茅塞顿开。每当这时候，我都认为是长辈们化作灵感来到我的身边，增添了我的智慧。

书橱里的空地方和房间里的墙壁上挂着镶在相框里的几张照片，我的业余爱好是摄影，难道是我把摄影当成了让时间静止的手段？如今想来，似乎的确如此。只要有值得纪念的事，我都会拍下来，用相框装饰得漂漂亮亮。我印象最深的是在我在第一次担任校长的学校拍的照片，那时我五十二岁，周围的人都祝贺我年纪不大就当上了校长。还有一张是我被选为全国模范教师参加青瓦台总统午宴时和总统握手的照片，看着这张照片，朋友们还开过玩笑说，这可是你们家的传家宝，应该再放得大一些，挂在厅堂里。这个念头我可从未有过。还有我在退休纪念仪式上获得黄条勤政勋章的照片、银婚纪念仪式上的照片、老乡结婚时的照片，尽管岁月流逝，这么多照片一直占据着书橱里和墙面。照片虽然能暂时带我回到年轻时候，时间却并不因此倒流。

现在无疑是轮到我了。

故　乡

老人坐在摆放在屋中央的矮书桌前，再次见到梦中丢失的书桌，他非常高兴，从书桌抽屉里取出褐色的布片开始擦拭。孙女进来了，她环顾四周，眨巴几下眼睛。

“爷爷，这张书桌太小了。”

看到在首尔从未见过的小书桌，孙女觉得很神奇，这和跟着爷爷去仁寺洞闲逛时在旧家具店看到的书桌差不多。

“这张书桌您是什么时候买的？”

“是搬到这栋房子之后那一年，我上初二时爷爷给我打的。”

老人用布片有规律地反复擦拭书桌表面，咖啡色的桌面闪耀着明亮的光泽。

为了给结婚的小儿子准备家具，爷爷让人从后山砍来榉树，打了一对柜子，并借机给孙子打了一张书桌。

暑假快结束的时候，爷爷把曾经主持盖这座房子的木匠和村里的三个壮丁请到家里，让他们饱饱吃了顿早饭。

“今天得从后山砍树，我要给你小叔打柜子，也给你打张书桌。一起去吧，你也帮着干干活。”

带着雇工去后山的时候，爷爷催促上初二的孙子一起去。

后山的树林是这家人世代培育的山中林场，原来曾经杂木丛生，多亏先祖管理有方，有了许多优良树种。长辈们每年都去汉拿山挖来好树种种植，家里有什么事，也种树作为纪念。高祖父为了纪念分家后在这里定居，种下了桧树，儿子出生后，他又种了榉树，此后每当有孩子出生，就种梧桐树、桧树和榉树。这里有老人的孙子出生时种的树，有纪念孙子上小学、上初中种的树，有纪念老人的弟弟出生种的树、纪念二儿子出生种的树。总之，一位先祖的子孙树聚集在这片树林里，家里的长辈们对待每棵树就像对亲生儿女一样用心。

爷爷把雇工带到了树林中央两棵像双胞胎的榉树边，跟来的孙子张开双臂，测量遮天蔽日的榉树有多粗，树超过了三围半粗，木匠也用卷尺量了量树的周长。

“有九尺左右，应该能出六七张一寸半厚的板子。”

木匠仰望着榉树茂密的枝干说。主树干长到一人半高时分成三枝，又往上长了二人高左右，三根枝干再长一截后各自分成三枝，每枝分枝又伸展出无数细枝，把天空遮了个严严实实。

“要长这么大得有一百多年。这棵树原来就在这儿吗？”

“听说曾祖父搬到这里来的时候就有这样的树林，那边的日本樱花树和桧树是后来种的，这棵树应该从前就有。”

老人小的时候，这两棵榉树已经这么大了。

壮丁腰里别着斧子和锯子爬上树，在主干分成三个枝干的地方停了下来。

“爬到枝干分三根杈的地方，砍掉细枝……”

根据木匠的指示，雇工又往上爬了一段，接着开始砍树枝。砍下的树枝在树下慢慢堆积起来，每砍掉一根树枝，树阴就减少一片，露出一块天空。其他人从砍掉的树枝上剪下细枝，捆绑起来以便搬运。

“这些干什么用呢？”

孙子看着大树周围堆得满满的一捆捆细枝，问爷爷。

“当柴火点啊。”

雇工开始把一捆捆细枝搬到林边堆起来。干完这个活儿，他们又爬上树，锯下光秃秃剩下的枝干，搬到树林入口，木匠说这些也能成为重要的木料。

现在大树只剩下树干了，粗壮的树干站立在那里，就像被斩断了四肢的怪物。为了锯树干，雇工们安装了工具，以便使用比孩子的个子还高的长锯，此外，他们还在底下垫上板子，以便把原木捆起来，不让它动。

一切就绪之后，他们就一边两个人坐下，一推一拉地锯起树来，木匠给锯着的树上洒水。

“唰唰唰唰”，锯树的声音传遍了整个树林，所有的树木似乎都在屏息倾听，因为自己有一天也可能遭遇同样的事。

吃过午饭，雇工们继续锯树，一直到太阳西斜，两棵榉树才像怪物一样倒了下去，树林中央一下子露出一大片空地和天空。雇工们拍打拍打裤子站起身，走到树阴下点上了烟。

“爷爷，树砍完我才发现，做柴火的细枝、做木材用的枝干还有做木板的树干虽然都来自同一棵树，用途却好像完全不同？”孙子问爷爷。

“它们虽然都来自同一棵树，用处各不一样。”

爷爷心中感叹，孙子虽然年龄不大，想法却与众不同。

“你爸爸和你叔叔都是爷爷生的，可是他们在世上过着不一样的生活，这不是一个道理吗？”

爷爷暗中看着孙子的脸，又补充了一句。孙子不懂爷爷的话，叔叔和爸爸作为不同的人来到这个世界，树可是同一棵，人们的用法不同，它们才有了不同的用途。孙子越想越觉得很多东西自己无法理解。

雇工把枝干运到了院子里，干完这些活儿，太阳已经落山了。

第二天，雇工们又来到了家里，木匠量完最粗的原木的长度，用墨线标出来，让人截成两段，一段一米左右，另一段一米半左右。雇工分成两组，一直锯到下午，粗粗的原木变成了四块。

他们用绳子把锯下来的原木一头绑得结结实实，另外一些人开始铺一条从树林通往家中的路。他们从枝干修剪出来的原木中，挑选出三四尺的中号原木，以半步距离为间隔，密密地并排摆好，再把大号原木拖到中号原木上面，然后拽拉绳子，中号原木就成了轮子，大号原木开始移动。雇工们再把滚到后面的中号原木垫在拖拽的大号原木前面，让它们继续当轮子。粗大的原木终于被运到了院子东面的库房前，这时已是傍晚时分。

几天后，雇工们在家里吃过早饭，准备着把库房里的原木剖成板子。他们在仓库的柱子之间横向绑上成人大腿粗的原木，再用其他木头垫在下面固定，防止它向下滑落，上面搭上原木，防止它移动。

木匠在原木底部做了四方形的标志，要求把四个面去掉薄薄一部分，去掉之后，圆柱形的原木就变成了四方柱子。木匠又用墨线在平坦的两个面上按照相同的间隔画出五条线，按照这些线来锯，就能锯出六张木板。

“这些板子大概比铁板还结实。”

锯出板子来之后，木匠满意地看了看，对爷爷说。

他们还从枝干中挑选一些可用的材料，剖成了略薄些的板子。

“做饭橱和小家具，这些板子就能派上重要用场。”

板子出来后，木匠一一向爷爷说明了用途。

第六天，干活时仓房里到处都堆满了榉木板，锯末也装了好几草筐。

“这锯末是最好的柴火了，榉树是最好的树，连点儿锯末都浪费不了。”

看着仓房里满满的木板和盛锯末的草筐，木匠感叹说。

雇工把那些木板一排排竖在了库房通风好的一侧。

寒假了，孙子回到家。

爷爷给小儿子办完婚礼，到了农闲季节，就把附近打家具有名的木匠请到了家里。木匠住在外宅，打柜子和书桌。

可是库房的角落里仍然竖着一些短而厚的木板。

“那些木板干什么用？”

孙子问爷爷。爷爷只是微笑，没有回答。

“用来做长辈们长住的房子。”

木匠回答。

“长住的房子？”

“做盖板，就是盖在棺材上面的板子，就相当于已故者的房子呗。”

爷爷知道孙子想的是什么，干脆地回答。

那一刻，孙子觉得树木的命运可真奇妙，虽然源于一体，有的成了书桌，有的成了死者的房子，被埋在漆黑的地下，那种命运真悲惨。

“木板出自同一棵树，有的……”

孙子好像发现了什么大秘密，正想问爷爷些什么，木匠微笑着打开了话匣子。

“树木算是活好几辈子，在树林中是树，离开树是木板、柴火，成为不同的材料，过不同的生活。就算都是木板，有的成为书桌，有的成为柜子，有的成为死者的棺材盖板，过自己的第三辈子。不过，来自一棵树的木材，一生却完全由树主人的心思和木匠的想法决定。老人家砍伐原木时已经有了打算，木匠看到成材的树木做出决定，不过木匠只是在弄懂树主人的想法后替他干活，一切归根结底还是按照树主人的计划根据树木的材质确定。因此，木板或细枝、枝干不会有任何不满。在树林里的时候，树木应该是为了让主人满意而长大，可是不一定能够如意，最终还是主人根据木头的材质考虑它的用途。弯曲的枝干不能做木料，只能当作柴火填进灶口。就这样，树木要活好几辈子。”

木匠有条有理地娓娓道来。

“你的想法真多呀。”

爷爷也对木匠的话感叹不已。

“我呀，不是一辈子跟树木打交道吗？面对树木时，我总是想它们能做什么。虽然从树林里砍来做木材的木头，有的成了柱子，有的成了大梁，有的成了椽子，有的没什么用处，只能送进为盖房子的雇工做饭的灶口……”

孙子觉得木匠的话听起来就像高山流水般流畅自然。的确如此，他一辈子跟木头打交道，看木头，摸木头，感木头，他说木头的用途由主人的心思决定，自己似乎能够理解。

“大概是这样。木头有什么想法呀？用在哪儿还不是得看主人怎么想。”

孙子觉得木匠的话很有道理。

“可是？”

这一瞬间，孙子突然很知道自己的主人是谁，是父亲吗？或者是更长一辈的爷爷？那么我的人生是由爷爷决定的？好像也并非如此。

从此以后，每当想起这件事，他都想不明白——我的人生到底是由谁决定的呢？人死了，是不是一切都结束了？是去树林对面朝阳的草地下生活吗？在那里干什么呢？没有人回答这些问题。

老人仍然在擦拭书桌，书桌表面像深褐色的玻璃一样清亮透明，被岁月尘封的日子逐渐显现出来——蹲坐在木匠身边的脸，学累了趴在书桌上打盹的脸，用刀子在书桌上乱刻挨父亲训斥。和书桌在一起的少年逐渐长大，成了青年，结了婚，生了孩子，那个孩子也生了孩子，如今少年已经站在了死神面前。即便如此，无论是当时还是现在，他对生活的好奇心仍然没有得到满足。他一辈子站在讲台上教学生，关于那个问题的了解却与孩子无异。老人体会到，人的知识竟然如此少得可怜，自己小时候能产生那种想法反倒很了不起。如今，长辈们都已经离开人世，在这栋空房子里，自己竟然再次想起五十多年前的那个问题。自己用了一辈子的这张书桌丝毫未变，书桌的故乡是后山的树林，它知道这一点吗？我的故乡在哪里？

人的命运是永远的谜。亡父无力的声音在耳边响起，就像风儿在凄然的脸上拂过。

树　桩

老人的动作逐渐慢了下来，书桌上闪过的面孔也模糊起来。

“爷爷，这张书桌就像镜子一样干净透明。啊，脸照出来了。”

看着爷爷的动作，纯英突然发现了书桌上晃动的面孔，吃了一惊。

老人停下手，望着惊讶的孙女，他想说些什么，把那时候木匠说的话讲给她听吗？当时我是初中生，觉得很有趣，可是纯英能理解吗？

“这张书桌这么小，您是怎么学习的？”

“因为爷爷那时候是初中生……”

那是初二，现在想起来好像只是几年前的事。这张桌子是用从后山树林砍来的榉树打造的。老人讲起了打书桌的事，砍下树做成木板，再用木板做成书桌，爷爷的说话声逐渐变得遥不可及。爷爷，纯英焦急地想喊一声，可声音只在嘴里打转，眼皮越来越沉重。这时候，房间里的某个地方传来叽叽咕咕的声音，孙女趴在爷爷的膝盖上打着盹儿，意识却很清醒。

“你从那里来？”

搁板上的柜子问。

“嗯，我，从汉拿山南边……”

爷爷的书桌回答。

“汉拿山南边？是哪儿？”

“南元邑水望里。”

书桌说出了村子的名字。

“啊，那是爷爷的家乡。”

孙女打着盹儿回答。

“是吗？我也是从那儿来的，从西村大十字路口那家房后的树林里来的。”

搁板上一对柜子中右侧的柜子说。

“真的？我也是从那儿来的。”

“是吗？你是怎么来到这儿的？”

“有一天，主人带着木匠和年轻人来了，他们先是从我们身上砍下了小树枝，接着又砍下了大树枝，最后把我们的树干也锯下来了。就这样，我们离开了树林，被滚到了主人家的库房，后来又……”

柜子讲述了离开树林的经过。

我们成了原木，在主人家的库房里过了几夜。几天后，木匠和雇工把我们绑在库房的柱子上锯开，剖成了板子。我们变成板子后，主人把我们放在阴凉地里风干了好久，我们口干舌燥，饥肠辘辘，全身干得要命。在树林里，我们长得那样茂盛，现在却又饿又渴，几乎要送了命。尽管如此，在树林里拼命汲取的营养成了我们坚持下去的力量。在树林里时，我们拼命地吸收天上照射下来的阳光，扎入地下的根系不断从地下深处吸收水分，不管世上多么干旱，我们深扎在地下的根须都能吸收到水分，所以我们一直都很丰润。天气越是炎热，我们长得越发精神，枝繁叶茂，在炎热的夏天，人、鸟儿甚至昆虫都躲到我们的树阴下避暑。不仅如此，冬天我们遮风挡雪，夏天阴雨连绵，一般的雨珠我们也都遮挡得住，后面地里的农民遇到暴雨，就聚到我们的树阴下躲雨。那么多鸟儿在我们的枝上做窝，每天在树上歌唱。地里干活的农民中午在我们的树阴下吃饭，要是临时睡个午觉，还有鸟儿唱催眠曲。可成了木板之后，我们就和死了一样。不过这事也真怪，刚开始痛苦难耐，过了几个月，我们倒变得坚韧、结实了。把我们做成板子的木匠说，我们是世界上最好的木板。以前挨渴受罪的时候，我们非常思念在郁郁葱葱的树林里过的舒服日子，听到这句话，我们反倒因为自己作为木板重新获得生命而欣喜。这家的老人每天都来，有时候用大手抚摸着我们的脸说：

“晾得很干啊，越干就越结实，做成柜子能用一百年。”

这句话让我们心满意足。

有一天，木匠用刨子把我的身体刨平，还把我打扮得闪闪发光，做成了柜子。我的另一半成了这户人家孙子的书桌，和我们分开了。

柜子讲出了过去的经历。

“啊？我和你情况差不多。”

爷爷的书桌也讲述了自己成为书桌的经过。

“是吗？那咱们是兄弟呀。不，咱们比兄弟更近，咱们是一体的。对吧？”

柜子似乎感觉很神奇，俯视着书桌说。

“可是，为什么我们来自同一个身体，处在同一个房间，却互不相识呢？"

书桌歪歪头，抬头看看搁板上的柜子。这时候，天花板上传来了大一些的声音：

"哎，刚才你们说的是真的吗？我也是从这户人家的后山树林里来的……"

纯英赶紧站起来仰望天花板，房间里安静了下来。

"什么？你是从后山树林里来的？好像在哪儿见过……"

过了一会儿，柜子冲着天花板说。

"我是在后山树林里长大的杉树，也叫柳杉，就是那种身子又细又长、风一吹晃得最厉害还发出声音的树。"

在用纸裱糊的天花板上，比成人胳膊粗一点儿的木头支撑着屋顶，这是它们在说话。

"建这栋房子的时候，我们一家子都被砍了下来，做了这栋房子的椽子。"

天花板上的一根椽子说。

"可为什么我们以前不认识呢？"

书桌问。

"因为我们离开树林后在完全不同的地方生活，当然认不出来了。我们变化太大，谁还能认得出来呀？"

柜子似乎觉得认不出来理所当然。

"我们真幸运，变化这么大还能在同一个家里生活。原来在我们旁边的一些朋友被卖到了别的地方。"

椽子说。

“别的地方?”

柜子问。

“嗯，这一家的小儿子在城里修缮房屋，它们去了那儿。”

“你怎么知道这么多?”

“我们被砍下来运到这家院子之后，我看见身边的朋友被装上车运走了。那时候我偷偷听房主老爷爷说的。”

“是吗?”

房间里的柜子和书桌、天花板上的椽子竟然像人一样说话，这让纯英觉得太有趣了。

听着它们说话，纯英睡意全消。她打起精神，仍然能听到叽叽咕咕的声音。奇怪，木头做的柜子、书桌和椽子一起聊天？在这一瞬间，纯英还以为自己在做梦，所以用手摸了摸脸。自己明明睡醒了，耳边却依然响着唧唧喳喳的声音。

纯英从爷爷的膝盖上起身，什么声音也听不到了。

打盹儿的老人也醒了。

“爷爷，我刚才打了个盹儿，书桌、柜子还有那些椽子……”

她说起了刚才迷迷糊糊中听到的话。

“是吗?”

老人细细端详着孙女的脸，柜子和书桌聊天？我好像什么时候也做过这样的梦，不，也许不是梦。

“爷爷，那个壁橱上面的柜子是从哪里来的?”

“从哪里来的?”

那个柜子是在城里住的弟弟的东西，现在虽然没用了，但因为是祖上给打的，大家商量好一家分一件，所以就搬到这里来了。除了这个柜子，家里还有几件家具是用后山砍来的榉树、苦楝树打造的。

老人把这些告诉了孙女。

“看来树木也聊一些我们不知道的事。”

“看来是这样，虽然离开了树林，它们仍然生活在自己的世界里。”

这时候，老人也想起了一件事。

那时他上初三，那件事却像昨天发生的一样历历在目。

为了准备期中考试，我学习到了深夜，趴在书桌上打了个盹儿。不知怎么回事，我听到了嘀嘀咕咕的声音，仔细听听，那是书桌和壁橱上的柜子在交谈，不过我觉得那只是个梦。

第二天吃晚饭的时候，我说起昨夜听到书桌和柜子聊天的事，家里人不相信。

“是你学习太刻苦了，累了做了个梦。要是反复做同一个梦，就分不清是梦还是现实了。”

叔叔笑着说。

可是从那以后，我偶尔学累了打个盹儿或者走神的时候，就常常在书桌上听到嘀嘀咕咕的声音，有时候它们说的话人听得见，有时候它们聊的东西人根本听不懂，不过我并不是只在梦里听见它们聊天儿。

因为这件事，我曾经有好几个月思想上很困惑，后来为了解决这个问题，我按照叔叔说的，把它当成了梦，认为由于自己经常做梦，所以混淆了梦境和现实。

大约就在那时候，我想起了木匠曾经说过却被我忘得一干二净的关于树木生涯的话：树木的生涯分为三个阶段，在树林里的一生、作木料的一生、作为木料被制作成物品后的第三次生命，那完全是由树的主人决定的。一想到这些，我对柜子和书桌的对话下了这样的结论：

“直到第二次生命，这张书桌和柜子还是一体的，但是在第三次生命中，它们的处境发生了变化，生活在了不同的世界。由于它们生活的世界不同，所以虽然出于一体、在同一个房间里生活，它们当然互不相识。”

得出这样的结论之后，我的心情轻松了。

此后一段时间，我忘记了这件事。高一祭祀曾祖父的时候，我在老宅子里对家里人讲起那个梦，在那之前，我对谁也没说，一直把它藏在心底。

“我曾经做过这样的梦……”

我讲出了初中时做过的梦，接着总结说：

“树木好像在不同的世界里活好几次。”

“在不同的世界活好几次？”

“我房间里的书桌和柜子就聊过天。”

我原原本本地讲述了柜子和书桌交谈的内容。

“刚开始我分不清是梦境还是现实，后来觉得这也可能不是梦。事实不是这样吗？书桌和柜子生长在同一棵树上，它们应该可以互相交谈。”

我相信爷爷能够理解我。

“你说得可能对，人听树木说话的确很奇怪。就算是同一棵树，成了板子之后就成了不同的东西，应该不知道过去的样子了。你说自己在似梦非梦之间听到这些话，我就明白了。作为人，我们听不到柜子和书桌说话，可是在梦中等其他的世界或许语言是相通的，人就像树木一样。”

听爷爷这么说，家里人的表情都僵住了。

“人死之后，也是肉身被埋在地下，魂魄应该去了别的世界。但是那个世界和我们生活的世界截然不同，所以我们在这个世界的缘分无法继续，就像虽然是同一棵树，它们离开树林，在新的世界里样子完全不同。就算柜子和书桌交谈，它们也和作为榉树是一体的时候不一样。”

爷爷似乎产生了什么新的想法，轻轻闭上眼睛说。听到他说世间的缘分就在这个世界上结束，所有人都哑口无言了。

上了高二之后，我越发忙碌起来，再也听不到柜子和书桌之间的对话了，因为忙着学习，我已经很少再在书桌前打盹儿，就算打盹儿，也听不到那些声音了。到首尔上了大学之后，我就把书桌和柜子的话忘到了脑后。

又过了很长一段时间。

有一天，老人偶然见到了自己平生使用的书桌的本源——那棵榉树的树桩。此前他曾无数次走进屋后树林，却一点儿都不曾留意过在树林中央静静立了三十多年的那截榉树桩子。他可能路过了无数遍，或许还曾经坐在上面乘过凉，他却从未留意过那截树桩。

刚过四十岁，我成为家乡中学的校监，由于学校在离家五里外的地方，过了几天，我终于在多年后得以在家乡和父母一起生活。因为我一直辗转在外，家里的事由长辈们承担。自从爷爷去世之后，父亲就从地方政界隐退，专心处理家族、亲戚和家庭内部的事，尽管儿子已过不惑之年，父亲把这些全部包揽了下来，无论是那数不清的祭祀还是亲戚家的大事小事、春秋祖坟扫墓等，都由父亲做主。其实这些事交给每个周末回家的儿子办也无妨，但是父亲担心我因为家里的事影响公务，就没有交给我。爷爷去世之后，父亲对家里和亲戚的事情很用心，与此同时，他开始不顾亲戚们的眼色去教会，虔诚地信仰基督教，但他也同样热心于家里和亲戚间的事。

如今我回到了家乡，家里所有的事要由我去处理，这时候我才感到自己恢复了长孙的地位，不禁无限感慨。

那是九月的第三个星期六。

酷暑仍然迟迟不肯消退，当时我走路上下班，下班走得全身是汗，所以进屋向厢房里的长辈行礼之后，我马上走进后山树林去凉快凉快。

那一天也不知道是出于什么心理，我没有在林边下下汗就走，而是走进了树林深处。或许因为是炎热的夏天，树林看起来更加郁郁葱葱。此前我一直无暇关注树林，这一天却感觉树林似乎格外茂盛、有情有义。朝树林中央走着走着，我看到了树木被砍掉后留下的平坦树桩，便坐在了上面。树桩比屁股还宽，看看对面，还有一个同样的树桩。这两个树桩周围还有几棵大榉树，提供了一片树阴。这树桩这样大，以前肯定是棵大树，但是砍掉它之后，竟然还有树木遮住天空。想到这儿，我抬头向上望去。在树枝的缝隙间露出蔚蓝的天空，上面飘过朵朵白云。在这一瞬间，不是天空，而是我坐着的地方，也就是垫在我屁股下面的又平又宽的树桩浮现在空中。从树叶缝隙之间竟然看到它，真是奇怪，天再怎么蓝，地上的东西也不该映到空中啊。我就像被某种幻象所吸引，赶紧站起来，低头看刚才坐过的地方，真的有好几围粗的椭圆形树桩露出地面两三拃高。啊？这里原来有这么大的树！一想到这儿，我想起了上初中时曾经和爷爷一起锯下两棵榉树，给叔叔打柜子，给我打书桌，还裁出做棺材盖板用的板子收藏起来。第二年，爷爷从山里挖来五棵比我个子还要高两倍的榉树，种在了大树被砍掉的地方。那件事已经过去了三十多年，如今却清晰地浮现在眼前。

“这些你来种，这是为了纪念你上高中种的。以后你像爷爷这么老的时候，这些树应该长得能给你孙子打书桌了。”

爷爷的话音在耳边响起，我的脸瞬间刷地热了，嗓子也哽住了。这些年我无数次经过这片树林，却忘记了树桩，忘记了爷爷纪念我上高中种树的那颗心，忘记了长辈们曾把一生寄托在这片树林中。我对不起祖先，也对不起自己。

每当家有喜事的时候，长辈们就种树。在树林东边高一些的地方，成行地排列着一片茂盛的梧桐树和榉树，都是为纪念一些事件种的树，所以在宽阔的树林中，那里的树木特别显眼。树种主要是梧桐树、榉树和桧树，西斜的太阳在茂密的树林里洒下宝石般闪亮的阳光。我走近那里，心潮澎湃，仿佛在身边找到了曾经因为失去而焦急的东西，安心和虚脱的感觉交织在了一起。

一围多粗的树高耸向天，树梢上的枝桠朝着太阳张开手臂，似乎要大声呼喊。每棵这样的树上都有块两个手掌大的四方木板，上面挂着一个牌子，牌子上用毛笔字写着树木的来历：

“丁亥年三月五日祖父结婚纪念”“丁酉年二月三日父亲结婚纪念”“庚戌年六月二十一日棣壎出生纪念”“丙子年九月初三景在出生纪念”“甲申年九月景在入小学纪念”。

挂牌子的板子看起来很旧了，毛笔字的字迹却依然清晰，那是父亲写的。尽管父亲自称没有资格作长房长孙，一直对祖先心有愧疚，但是看到爷爷写在牌子上的字迹已经褪色，变得模糊不清，他就在上面又重写了一遍。

这些树的树龄从五十年到一百年左右，到了我的子女这一代，这里的地方小了，就开始在树林西边植树纪念。

我久久地注视着这些树，揣摩着已经过世的长辈们的内心。他们也许相信，人走了，树也会永远扎根地下，向四方伸展。也许他们相信，只要纪念出生的树还活着，那个人就不会死。就算遇到难题，他们也许仍然相信，自己的树木在朝天空生长，自己能够战胜困难。他们莫非不愿意让生者承认树主人的死亡？

我向埋葬长辈们的墓地走去，像雕像一样呆呆地站在一排排坟墓和墓碑面前，我全身热血沸腾。难道这是因为长辈们试图战胜虚无的智慧越让人惊讶，我就越发清醒地认识到仅此无法取胜的残酷事实？

我拔去了坟头上的艾草、蓟和杂草，用手掌拂拭蒙着厚厚灰尘的石碑。最近父亲让人制作了爷爷和奶奶的石碑，可能他是想亲手完成这件事。我背对坟地，眺望着葱翠的树林，每个纪念日种下的树木在夏末的酷暑和几天前降下的丰沛雨水中更加青翠欲滴。忽然，时间不公的念头打击我的内心。随着时间流逝，人类肉体衰老，精神上也变得丑陋，树木却怎能这样愈来愈生机勃勃、丰饶富足呢？越想我越郁闷。

日落之后，我回到家，立即走进厢房父亲的房间。父亲看着我通红的脸，好奇地看着我，似乎在问为什么。

“刚才我去后山树林里吹风，看到了那个树桩，还看到了爷爷亲手种的纪念树……父亲您又重新写了牌子，我却忘得一干二净。虽然我年龄越来越大，对这些事却一点儿都没上心，觉得惭愧、难过，所以……”

我说不下去了，便低下了头。在年近七十的父亲面前，年过四十的儿子抽泣着，长大成人之后我这还是第一次。

“世事繁杂，所以你忘记了这些。如今你回到了家乡，就负责管理那片树林吧，那里有已故长辈们的气息和足迹。只要我走进那里，就能听到长辈们的说话声和呼吸声，烦乱的心情就会安定、放松下来。”

父亲没有再说什么。

那天晚上从父亲那里出来之后，我走进房间，用布片长时间地擦拭起蒙着一层灰尘的榉木矮书桌。

另一个家

那是我上大学四年级的寒假。

卧病一年多的奶奶去世了，家里人忙着办葬礼，还顾不上为送别亲人而悲伤。父亲是丧主，不知道该做什么、怎么做，因此小心翼翼。在亲戚中一位长者的指挥下，亲戚们分担了活计。父亲虽然是长房长孙，却从未操办过家中的大事，他在读书、忧国以及说服别人方面有天赋，在这种事上却百无一用。

我和堂叔负责打造棺材。我们叫来了村里的木匠，在装了大门的库房里干活儿。奶奶一病倒，爷爷就让人从树林里砍来梧桐树，准备好做棺材的板子，因此事情进展得很顺利。

“老人家有福气啊，能住在梧桐木棺材配榉木盖板的房子里……”

在梧桐木板上打完墨线之后，木匠一边说一边用手掌拂拭板子。这个木匠是以前给我打书桌的那位，他一把白胡子，红黑的脸膛上刻着深深的皱纹。他表情严肃，手上的每个动作都很慎重，看起来非同一般。

“父亲出生的时候，爷爷在后山种梧桐树做纪念，母亲常常叮嘱我们将来要用那棵树做自己躺着去的棺材。”

过来向木匠打招呼的父亲讲起了梧桐板子的来历。

去年六月，在师范大学读四年级的我在家乡的中学进行教学实习，在家里待了一个月，这是我好长时间以来第一次和奶奶亲近。我从小得到奶奶的宠爱，长大成人却没能多体贴奶奶。现在好不容易有了这样的机会，奶奶却情形不好，已经不能接受孙子的反哺之情。当时她的情况很紧急，要和胃病（后来才知道是胃癌）招来的不速之客——疼痛做斗争。半夜，每当我被隔壁奶奶的呻吟声吵醒，只能跑进去，抓着奶奶瘦骨嶙峋的手，却无法为她减轻丝毫痛苦。

实习结束回首尔的前一天，我去后山树林对面的祖坟扫墓，下山时当我走进树林，突然东边有一股白气从眼前飘过。我无意间回头一看，只见奶奶一袭白衣靠在高耸入云的梧桐树上。

“你来得正好。”

听到动静，奶奶转过头高兴地说，就像在等孙子一样。

“这棵梧桐树是你爷爷出生时，你太爷爷为了做纪念种下的，算起来已有七十多年了。”

这我还是第一次听说。这片树林里有许多梧桐树，奶奶说的树是其中一棵一围多粗的大树。

“我曾经说过，我死之后用这棵树给我做棺材，你爷爷却发起脾气，责备我说梧桐树做家具最好，这棵树要留给孙子结婚时打柜子。我求你把这棵树让给我，我想用它做我将来住的房子。”

奶奶的眼神就像个耍赖的孩子，让我不由得热泪盈眶。回家的路上，奶奶再次提出那个要求，我连声回答“好，好”，哽咽着再也说不出别的。

回首尔之前，我没能向爷爷说出奶奶的要求，这主要是因为我不愿意提“奶奶的棺材”之类的话，我根本不愿意提起奶奶去世之类的事。

“运气真好，这棵梧桐树上出的板子够做两位老人的房子……”

父亲指着竖在库房角落的其他板子说。

“用纪念自己出生的树做自己死后用的棺材，这算得上世界性新闻了。”

木匠仔细察看着板子，自言自语地嘟囔。

“老人家生前就开始准备后事，心得多宽啊？”旁边听着的堂叔补充说，“不仅是棺材，连寿衣老人家都亲手做好了。过了六十岁之后，她每年生日晚上都穿上试试。父亲不喜欢，也拿她没办法。”

父亲说起了奶奶奇怪的习惯。

“长辈们认为死后也和在这个世界上一样生活，所以她会那样。”

木匠似乎并不认为老人的习惯有什么特别。这倒也是，他一辈子打了无数口棺材，应该有些了解人们对死亡的看法。

“还有人一辈子给死人盖房子呢。”

堂叔说，一边瞟木匠的脸，木匠只是默默微笑。

木匠就像做家具一样精心打造棺材，他先用尺子量完，再用墨线标出要去掉的部分。其他木匠和一个雇工沿着墨线截下板子，再用刨子打磨光滑，做出四张板子之后，他们不用钉子就做出了棺材。

黄昏时分，棺材做好了，与奶奶的身材相比，棺材似乎非常狭小，奶奶能躺得下吗？我觉得要是再宽敞点儿，让奶奶躺下能翻个身就好了。不过我没对任何人说这句话。

“现在该做盖板了……”

木匠从堂叔那里接过一杯小米清酒一饮而尽，接着站起身，指着竖在角落的板子说。

另一个木匠和雇工站起来，拿来了又大又厚的木板。

“用这张板子做盖板，几百年也不会烂……”

木匠用手背擦掉沾在胡须上的酒，流露出满意的表情。

“啊，这是以前做书桌的板子……”

我想起来了，当时爷爷说过要做盖板用。

“那时把短板子留下来做盖板，这是多少年前的事了？将近十年了……”

都木匠呼地吹去灰蒙蒙的尘土，用手掌拂拭一下板子。

吃过晚饭，工匠们开始做盖板了，这个活儿比做棺材省劲多了。木匠在榉木板子上打上墨线，沿着墨线去掉四个面之后，板子成了正方形，然后用刨子把表面刨平。做好这样的六块板之后，把它们整齐地排列在草席上，板子和板子之间没有缝隙，六块板子就组成了一块。

“就算人的尸体腐烂，化成了尘土，这盖板肯定能保留很长时间。这样看来，人真没什么了不起，这个板子还能留一百多年，人死之后肉体能留两三年吗？只剩下骨头了，再过些日子，连骨头也化成了土……呵呵呵。”

木匠又喝了一杯堂叔斟的小米清酒，哈哈笑着说，那笑声在库房的天花板上盘旋了很长时间。

“这些木头在地上的生命已经结束，但是死了以后它们还能保留几百年。到汉拿山去看看，那里有很多枯树，要说坚韧，恐怕没有什么能赶得上这榉树。”

木匠站起身，又说起树木生命力顽强、人类肉体虚弱。

奶奶入殓开始于夜里十一点。入殓完毕，人们又用麻布把穿着真丝寿衣的奶奶紧紧包裹起来，再用带子绑得紧紧的。为什么捆得这么紧？我悲从中来，奶奶的模样已经无影无踪，看起来就像一件要运到远方的小件行李。

奶奶的遗体被放进了梧桐木棺材中，不大不小正好。为了不在棺材里留一点空隙，只要有一丁点儿缝，母亲和姑姑都把棉花、布片以及奶奶用过的物品用力摁进去，把它塞得满满的，就算尸体复活，也站不起来，只能窒息而死。入殓似乎是一个为了防止死者重返人间的程序。

看着入殓仪式，我思考着死亡的实质。奶奶的棺材被移到了墓穴中，雇工为了让墓穴的土壁和棺材之间严丝合缝，把细细的泥土填了进去，而且夯得结结实实，再在上面连续盖上了榉木盖板。就这样，似乎是为了防止躺在棺材里的尸体重新复活，人们采取了二重、三重的防范措施。

父亲率先用铁锨铲土撒在盖板上，接着家里人一边用铁锨撒土，一边大哭起来。瞬时间，墓穴中填满了土，变成了平地，棺材全部埋进了地里。人们又在上面堆上土，垒起了坟头。丧主和子孙们开始放声大哭，亲戚中的老者大声斥责，让把混在土里的石头和草根拣出来。丧主和子孙们似乎惭愧难当，停止了哭泣，急急忙忙把土里的石头和草根拣了出来。在把奶奶永远埋葬地下的那一刻，家人也没能完全表达出最后的感情。

办完奶奶的葬礼，我回到了首尔，却很长时间都未能从奶奶的幻影中摆脱出来。这一方面是因为我从小得到了老人家的宠爱，另一方面也是因为我难以接受家里人一个个迎来的死亡总有一天也会来到自己身边的事实。到了夜里，像过去在叔叔家一样，类似书桌和柜子间对话的声音也在我耳边嗡嗡响起。

送走奶奶之后，爷爷很快就垮了下来。他原本每件事都滴水不漏，做事充满自信，但是从那以后，爷爷元气大伤，说话的声音没了力气，有时候他还自言自语地说眼睛看不清楚，饭也常常吃不了半碗，他说自己牙疼，饭不好吃。父亲知道爷爷的情况，却只能叹气，找不到任何解决方法。家里人都知道爷爷的身心受到了沉重打击，但最多也只是为他担忧，实际上都只是旁观者。

父亲几次劝爷爷去首尔的综合医院检查一下身体，爷爷不仅不听，还大发雷霆。

“父亲进医院就那么好看吗？”

他平时对儿子和颜悦色，可只要一提到医院，他就像换了个人似的大发脾气。在奶奶的死亡面前，七十多年的人生阅历和智慧都失去了意义。父亲知道原委，只好顺从爷爷的固执。

安葬了奶奶回来之后，爷爷一天不落地去奶奶的坟上，他不再操心家里的事，有时候一整天都在树林里度过，有时候呆呆地坐在奶奶的墓前眺望树林。有一天，他抚摸着树林里的一棵棵树木，口中嘟嘟囔囔，后来我听父亲说，那些树都是爷爷、奶奶一起种的。爷爷亲手种下的树每天都朝天空蓬勃地生长，爷爷的身体却逐渐衰老下去，这让他难以承受。

有时候，爷爷还在坟墓旁边的窝棚里过夜，凌晨才回来。那个窝棚是四三事件[①]爆发时父亲的藏身之地，时局一乱，警察和自称父亲朋友的青年常常冷不丁地来找父亲。在这之前，父亲已经听从爷爷的恳切要求，决定放弃什么思想、主义，要作为家族的长孙生活下去，可是哪一方都不肯放过父亲。父亲说，躲在这里安心，因为世世代代守护家族的祖先们在，他相信祖先们会保护将要承担起家族命运的长孙。

最终，奶奶两周年祭过了两个月之后，爷爷撒手人寰，他能拖着病体坚持到奶奶的两周年祭结束，纯粹是依靠自己的意志。

爷爷的葬礼办得非常隆重，不过主丧的父亲除了在灵堂接待吊唁者时哭得撕心裂肺，其他什么也做不了，叔叔负责主持了葬礼的全部程序。爷爷的死是很早之前就能够预见的，父亲本该做好一切准备，可是它一旦发生，父亲却无法接受死亡本身。

办完葬礼之后，家里就像没人住的空房子一样荒凉。

“忌日祭祀你母亲会办好，儿媳不用担心……”

爷爷的两周年祭祀办完之后，父亲在族亲和兄弟们面前宣布把长孙的位置交给我。叔叔的劝阻也没有改变父亲的想法。

---

① 四三事件，1948 年 4 月 3 日至 1954 年 9 月 21 日在济州岛发生的民众抗争事件。

“你这么不懂大哥的想法吗？在父亲的葬礼上你没看见吗？我这个做大哥的只是个空壳，在父亲面前我一直都像个撒娇的孩子，现在老人家不在了，我什么都做不了。我太了解自己了。”

我决定尊重父亲的决定，结论是我住内宅的大房。

“家里的琐碎小事由我来做，你认真做好学校的工作。”

决定之后，父亲这样对我说，似乎欠了我一大笔债。

过　客

父亲把长孙的责任交给我之后，开始去教会了，这完全出乎意料。

叔父、姑姑等族亲也都觉得意外，我对待父亲更加小心翼翼。刚开始，我毫无根据地揣测，经历了爷爷、奶奶的去世，他对生活的看法可能发生了变化。但是我后来发现，父亲的信仰并不这样简单，他很早以前就信基督教，只是没有表现出来，也许是出于对笃信儒家文化的长辈们的尊重。此前，父亲曾有过长时间的彷徨，对此我也略知一二。他拒绝做长孙，十五岁离开家，二十岁之前成为信仰马克思主义的青年，惹得警察常往家里跑。回到家乡之后，他曾一度带头闹青年运动、思想运动，后来才好不容易下决心回家负起长孙的责任。时局稳定之后，他作为地方上有名望的士绅，过着平凡而快乐的生活。他为家族着想，只要是兄弟、亲戚、邻居、朋友的事，都会竭尽全力。他完全按照普通人喜欢的方式生活，如今到了晚年，他不顾兄弟、亲戚们的怒视，放弃了迄今积累的一切，去寻找自己的信仰。我本以为自己很理解父亲，这时才发现自己的想法太单纯了，父亲一反常规的举动并不是打破常规，而是很久以前准备好的人生的程序。

父亲的变化日新月异，首先是他不再见那么多人了。

他常常在厢房里读《圣经》或别的书直到深夜，有时候他去树林散步，在祖先的墓地前站一阵子再回来。四三事件爆发时藏身的窝棚成了父亲祈祷的地方，我农忙期放假或周末回家，有时候一大早去树林散步，偶尔能碰到在窝棚里彻夜祈祷后回家的父亲。那时父亲的脸就像刚出生的婴儿一样明亮、透明，父亲微微一笑，表情有些尴尬，既陌生又天真。而在以前，父亲在孩子面前总是那么正大光明、大义凛然。不仅是祈祷，只要听说哪里有宗教集会，父亲都会放下手头上所有的事去参加，已过花甲之年的父亲甚至还表示要学神学，悄悄试探我的意思，但是由于母亲的反对没能实现。

“人家会说你疯了，就这样别人看你的眼神都怪怪的呢。”

对这件事母亲态度很坚决，她一辈子从未对父亲的话说过“不”字，这次却大不一样。父亲听从了母亲的意见。

“也对，学神学也不能改变人生。要不你和我一起去教会吧。”

父亲像是在求母亲，这可前所未有。在母亲面前，他总是高高在上，但是不知从什么时候起，他对待母亲的态度也变得谨慎小心了。

“我还是这家的长房长媳，只要我没死，那么多的忌日祭祀就得由我亲手操办。你难道让我也让出长房长媳的位置吗?”

母亲追问。

“长孙有什么了不起?”

“我当初嫁到这里来，看重的不是你，而是这家长房长媳的位置。”

这句话让父亲哑口无言。此前，对父亲来说，母亲并不是爱恋的对象，而是被制度捆绑在一起的妻子。虽然当时还不到二十岁的母亲遵照长辈的意思嫁了过来，却没有享受到夫妻之情。父亲把母亲撂在家里，自己在外地漂泊，和很多女人搅和在一起。回到家乡后，他经历了大变故，好不容易保住性命，之后就像大少爷一样随性地生活。尽管如此，母亲没有和他红过一次脸、吵过一次架。对母亲来说，这一辈子重要的不是做他的妻子，而是做这家的儿媳妇。

父亲承认母亲的处境，但还是固执地劝她信教。

“我欠了你很多债，现在劝你信教就是为了减轻一点儿自己的债。死后你不得和我一起去见主耶稣吗？那时候我伺候你。”

父亲像是在开玩笑，不过这是他的真心话。

母亲明白父亲的意思，却仍然摇头。

“等我再上些年纪不能做长房长媳时跟你去教会。”

对母亲来说，灵魂得到救赎不如做长房长媳重要，二者根本不可相提并论。母亲的一生始于长房长媳，也终于长房儿媳，她最终没能跟父亲走进教会的大门，因为父亲先走了。

父亲预料到了自己的死亡，所以忙着从汉拿山七百米高地上迁来高祖的坟墓，这是爷爷想做却没能做的事。这座坟墓被公认为位于风水宝地，要迁走当然不容易，而且这件事不是长孙一个人能决定的，必须征得散居在各地的族亲们同意，这也不容易。

趁着有机会去首尔，父亲瞒着家里人去朋友儿子的医院做了体检，因为他感觉自己的身体出了问题，检查的结果是不治之症。对此，他没有跟家里人提过一句，而是开始整理身边的事。第一件事就是迁祖坟。

族亲们自然反对，父亲表示，日后如果发生问题由自己全权负责，几乎等于强行推进。“汉拿山的树林年年变，我们去世后，哪个后代能找到那座墓地祭祀、除草？谁能保证它不会成为一座荒坟呢？”父亲用现实问题说服大家。对此，没人提出异议。

迁坟时我们挖开坟墓，发现里面空空如也。本来还想捡几根骨头，可是根本没有。还不到一百年，怎么就变成这样呢？子孙们虽然没有明说，但是都切实感受到了死亡的虚无，无奈之下，大家只好用麻布包了几撮黑土移到祖坟中，在最上方建了新墓，这就相当于宗祠了。

“你是不是亲眼看到了？死了就变成一撮土。”

迁坟后，父亲劝亲戚们信耶稣。通过迁坟，亲戚们中想到了死后的虚无，却无法立即接受父亲的劝告。

父亲开始一件件整理自己的东西，作为他那个年龄的人，他比别人有更多的书，在生活中积攒了不少东西。他整理了书籍，把其中一部分搬到我房间，其他的堆在房间的一个角落。我还以为他要写回忆录，但是有一天，他把那些东西都搬到后院烧掉了。这时候我才意识到，父亲的身体出了问题。

“这件事不要告诉任何人，告诉大家没有一点儿好处。时候一到，人就要离开这个世界，因为有人走就闹得乱哄哄是最为愚蠢的行为。反正总有一天要走，多活些年再走和几年后走又有什么差别呢？不过，我有件事要儿子你做：信耶稣吧。这是我的遗言。人的生命并不在这个世界上结束，这一点你不是更清楚吗？我担心的是你母亲，要是她知道我现在的情况，可能会昏死过去。从你嘴里绝对不能说出这件事，对谁也不能说。时机成熟的时候，我会亲口说出来。”

我看出情形不对，一番刨根问底，父亲才坦白地说出自己的病情，并嘱咐我信基督教。知道了父亲的情况之后，我最担心的是母亲。

和我约定两个星期后，父亲就离开了世界。去世之前一天，他恳切地要求家里人信仰耶稣，并且留下遗言，要把自己的遗体捐献给一所新建的地方医科大学。

对此，家里人虽有很多不同意见，最后还是决定尊重父亲的遗愿，可是母亲表示反对。

“无情无义的人，你把我当什么了？也不和我商量商量。”

母亲坚持认为，父亲是自己的丈夫，是自己一辈子的依靠，没有自己的同意，不能把他的遗体捐献给大学附属医院。她的意见谁都无法违抗，因为没有人真正希望父亲的遗体成为解剖对象。

我只好出面，劝母亲说父亲下这个决心之前应该思考了很长时间，苦恼了很长时间，我们活着的人不该违背他的意愿。对我的说法，母亲嗤之以鼻。

“啊？你怎么能这么说？”

母亲埋怨我，这件事无法轻易得出结论。

最终我们决定：让大学附属医院先使用遗体，然后火化，再取出骨灰埋进祖坟，因为母亲希望有一座丈夫的坟墓。

但是，世事难如人愿。由于遗体捐献给了大学附属医院，入殓、发丧等程序都没有了，我们只在家乡的小教会举行了告别礼拜，七十年人生岁月中父亲与世上所有人的关系就此了结。根据父亲的遗言，我们也没有接受任何赙仪。身后事本应交由生者负责，父亲却在离世前连这也定了下来。母亲在告别礼拜后回到家就病倒了，直到心脏停止跳动的那一刻，三年间她再也没能从床上站起来。按照母亲的愿望，我们收集起父亲被解剖的遗体火化，将骨灰埋进了祖坟中的一小块土地，建起了坟，但是母亲没能在坟前流一滴泪。

遵照父亲的遗愿，我和教会的牧师商量让母亲在病床上接受洗礼，可是因为她已经神志不清，不能开口表示信奉耶稣，无法接受洗礼。不过，对这个问题牧师也没有十分坚持。

“老人家在您父亲生前已经答应要来教会，这就表示那时她已经接纳了主。”

此前牧师已经从我这里听说了母亲的情况，很理解她。这样，母亲在病床上接受了洗礼，她一去世，我们就按照教会的仪式举行了葬礼，将她和父亲合葬在祖坟里。

现在我成了家里辈分最高的人，论年龄也是我们夫妻最大。

如今，死神正步步逼近我们夫妻两个。

母亲尽管是作为植物人在床上躺了三年，毕竟还是隔开了死神和我们夫妻的距离。母亲在，死神离我们还远一步，现在母亲去世了，死神靠近了我的身边。当我埋葬母亲回到家发现自己辈分最高时，真切地感受到了这一点，那一瞬间我觉得无比孤独。就算母亲失去了意识，是躺在床上的植物人，我毕竟还有每次回家问候的母亲。这时我才意识到，母亲躺在里屋，大小便失禁，艰难地挨了三年，是为了不让死亡靠近我们而做的艰苦斗争。这时我才发现，成为植物人的母亲是那样宝贵、那样令人思念，母亲就是流淌在死亡的世界和我之间的一条大河。如今母亲去世了，那条河已经干涸，死神可以轻而易举地走近我的身边。领悟到这一点时，我已年近花甲。

小时候我有曾祖父、祖父、曾祖母、祖母，那时候世界都是我的，我根本没想过死亡。后来曾祖母先离开了人世，我还以为是她年纪太大，不能干活了，就离开家到后山舒舒服服地去休息了。随着年龄增长，我一个接一个送走了家里人。家里人谁都不用“死”这个词，而是说“走了”或“去了”，认为他们是在家里暂时住住，又回到了故乡。祖先们的另一个家是草木茂盛的树林对面、背靠小丘陵的向阳墓地。在那个家里，他们能够听到茂密树林中各种鸟儿的歌声，可以一眼看到留在人世间的家人生活的情景。留下的家里人也一样，认为树林对面的祖坟会为家里消弭灾殃。

如今我们夫妻该抓紧时间做好离开的准备了。

我们夫妻二人一边思念着住在首尔的儿女们，一边为步步逼近的死亡做准备。我退休两年前，母亲为我们筑起的阻拦死神的堤坝决口了，死神就像等待已久似的，先带走了善良的妻子。这让我感到无奈。

妻子消化不好，偶尔腹部疼痛，她却没有说。父亲突然去世，紧接着病倒的母亲又需要照料，妻子根本无暇顾及自己的身体。她常常疲惫不堪，因此即使感到身体有问题，也以为是疲劳、家里事多造成的。

母亲走后，家里的气氛急转直下，我们给儿女都成了家，让他们过上小日子，为了让新进门的儿媳真正成为一家人，对她十分关照。因为这些，妻子疏于照顾自己。

给母亲办完周年祭五个月后，小女儿出嫁了，虽然就在身边，我也能看得出妻子一下子苍老了许多。那时我又退休了，本来还有两年时间，那年却初次实行提前退休制度，我就比预期早退休了。在这种情况下，妻子更关心的是我，而不是她自己。

退休之后，我自由了，子女们急忙安排我们去欧洲旅游。

妻子的身体已经不适合旅行，但这是子女们为纪念父亲退休好不容易安排的旅行，我们无法拒绝。虽然身体已经不听使唤，我们还是勉强完成了十二夜十三天的漫长旅行，回到了首尔。

儿子感觉到母亲气力衰弱，脸色也不好，劝她做一次体检。妻子摇摇头，“我知道自己的身体，没什么事。我一直没得过大病，以后也不会得。”平时妻子很随和，从没因为关于琐碎小事想法与别人不同而闹过别扭，这次却断然拒绝了儿子、儿媳的恳切请求，甚至发起了脾气，我忽然觉得妻子态度怪异。旅行途中，我时而被她的呻吟声吵醒，问她哪里疼，她只回答太累了、全身酸痛，我还以为是日程太紧让她衰老的身体吃不消。可是妻子拒绝接受体检，似乎有什么内情。

事实证明这不是杞人忧天，诊断结果妻子是胰腺癌晚期，已经无从治疗。我和儿女疑惑不解，妻子的表情却很平静，提出马上回家。儿女们希望她住院，她说这种病住院也治不好，与其穿着病号服白白等死，在家里舒舒服服地过日子强一百倍。

妻子太镇静了。

在返回家乡的飞机上，我垂头丧气、一脸绝望，妻子安慰我说，“回到家，我要教你一个人过日子的方法。你只要照我说的做，就算没有我，你也不会在别人面前出丑。”

妻子很久以前就开始为自己的死做准备。

她为丈夫一一整理出生活小窍门，并于当天开始了练习，其中包括洗衣机的使用方法、使用电饭锅做饭的方法、洗碗机的使用方法、衣橱里各季服装存放的位置、吸尘器和电熨斗的使用方法，等等，她都一一整出指南，记在笔记本上。

“尽量自己过，这样你才能想起先走了的我。每天夜里，我会来到你床上和你一起睡。”

妻子开着玩笑对我进行培训。

我知道这些都没用，妻子也知道，没有她我一天也活不下去。可为什么妻子要固执地教给我一个人生活的方法呢？她是想把我们两个人更紧地捆在一起，她不想把丈夫交给儿媳妇，她要用这种方式发泄不能在旁边照顾丈夫到死的遗憾。妻子在临终之前坦白了这一点。

“老公，对不起。”

这句话她反复说了十遍，她十分清楚自己不在我会是什么样子。尽管她那样认真又细心地教我，都是枉然。尽管如此，她还是相信我至死都会一个人潇洒地生活。

妻子的想法令人感激，然而神是残忍的。妻子的病情比预想的恶化得慢，医生本来说她不会活过六个月，但是她坚持了一年零十一个月。

在那两年间，我在妻子的监督下，反复练习独立生活的方法。

妻子开始认真地拾掇院子，调动到家乡的学校之后，我在院子里种下了草籽，可是草长得并不好。这次，妻子种出了像样的草，这很不容易，因为杂草比草长得更快，妻子花了更多时间拔草地缝隙间的杂草。不仅如此，妻子还在前后院的大部分地方种植了观赏用的树木、鲜花，从村子周围挖来随处可见的野花种在院子里。

一辈子不会再有的时光就这样过去了，劳动时，她摆脱了病魔的威胁，自己感觉病情得到了缓解，到了夜里，筋疲力尽的她睡得很沉。

但是从去世前两周开始，她的痛苦开始了。她不想去，但我还是强行把她送进了城里的医院。医院没能减少她临终前的痛苦，止痛剂也没发挥什么作用。

“老公，对不起，我得先走了。我最后一次求你。”半夜痛得醒来的妻子抓着我的手哀求。

“你掐住我的脖子，我，受不了这个苦了，你把这条毯子蒙在我头上，掐住我的脖子，只要一分钟……”

妻子绝望的表情让我发不出火来。“好，我听你的。”我只能这么回答，“等你睡着了，我就照你说的做。”

但这不是真话。妻子好不容易睡着了，不到十分钟她再次醒来，一边惨叫，一边咬紧下嘴唇，血流出来了。她用幽怨的表情望着我，忍受着痛苦。

“神呀，您到底是为什么呀？为什么让您的女儿在这种痛苦中徘徊？她那么善良，一辈子没有害过人，总是照顾别人、同情别人、关心别人，为了家庭的安宁竭尽全力，为什么她离开这个世界的时候要如此痛苦？”

我向父亲信奉的那位神倾泻着自己的愤怒。

妻子说要回家舒舒服服地睡觉，儿女们表示反对，“反正还得再回医院，为什么麻麻烦烦地来回折腾？”

“我死后，只要在我房间里停放一阵，接着埋到后山就行了，为什么还到医院来？难道要把我放进那个冷冻室吗？”

妻子说害怕医院的太平间，放着那座大房子，为什么要去医院？但是儿女们已经制订了计划，要按照程序办葬礼，必须得在医院。

我也想在家里办葬礼，因为这是妻子的愿望。可是死者的愿望对生者没有任何意义，在这个问题上，我的想法没有什么力量。

依照妻子的愿望回到家的第二天，她又陷入了昏迷状态，立即被送到了医院。从子女的立场上来说，在家里办葬礼非常麻烦，在家里怎么接待那么多吊唁的人呢？我提议花钱请人帮忙，两个儿媳妇都摇头。

在送走妻子的程序上，我能坚持的只有用梧桐木板和榉木盖板。我仿效爷爷，妻子病重之后，就让人从后山砍来了为纪念我出生而种植的梧桐树和榉树，准备好了做棺材和盖板的木板，这是我能为妻子做的最后一件事。

就像此前为几位长辈办葬礼一样，妻子死后那些繁杂的程序使我无法表达对她的深情。

办完复杂的三天葬礼程序之后，妻子从医院的殡仪馆被运送到了祖坟中已经准备好的另一个家里。

飞　翔

老人和孙女一起背对坟墓而坐，眼前一片淡绿色的树林那样清新，甚至让人感到些许凉意。现在是晚春，树林会越来越苍翠，到了秋天，树木又会撒落绿色的树叶，准备光秃秃地迎着寒风过冬……这一刻，老人眼中的孙女成了初中生，不知不觉成了高中生，成了为爱情而苦恼的大学生，结了婚，生了孩子，成为中年妇人，又变成了老太太。那张脸上重叠着奶奶、母亲、妻子的脸。老人仰望天空，无数张脸旋转着出现又散去。

“爷爷!”

纯英的声音像春风拂过树林。

“那里有爷爷的脸!”

“什么?”

“看那边树林中的那棵榉树。”

榉树枝上嫩绿的树叶在随风摇曳。

“那上面出现了爷爷年轻时的脸，我想起了在爷爷相册上看到的照片，爷爷抱着刚出生的爸爸照的，爷爷的那副模样就出现在那边。”

老人觉得孙女的话很荒唐。

“看看那边，出现了爷爷大学生时的样子，我在爷爷参军时照的照片上看到过那张脸，旁边还有爷爷上高中时的面容。那不像是爷爷，像是一位哥哥。那边是爷爷初中生时的样子。爷爷您看不见吗？”

纯英不停地说着，不知道她是在看树林，还是在看对面的白云。

“从现在开始爷爷会变年轻，冬天过去，春天不是来了吗？爷爷的春天也会回来的，爷爷可能会回到高中的时候。”

就像白天坐在门前胡同里榉树树阴下时一样，在纯英的眼中，爷爷脸上没有了皱纹，脸庞变成了高中生的样子，她认为是树林的灵气聚集到了爷爷身上。

“爷爷！”

眺望树林的老人强打精神。

“以前我不明白爷爷也有小学生的时候、初中生的时候、高中生的时候，现在我看到了爷爷那时候的样子，就在那边。”

老人想，孙女长大了，已经知道安慰年老的爷爷了。可奇怪的是，爷爷看到的是孙女变成老太婆，为什么有这么大的差别呢？

“就像那片树林随着季节变化一样，人也随着年龄的增长而变化，那片树林中的树原来是小树苗，现在都长成了这么大的大树。”

“树长大变成木材，人老了怎么样呢？”

纯英眨巴着眼睛望着爷爷。

“人干了很长时间活儿，该休息吧？”

“休息？在哪儿休息呢？”

“在家里休息不成，是不是得回到叫坟墓的新家才能休息呢？”

老人含含糊糊地回答。

“坟墓是家吗？”

“对，是埋葬人的身体的家。”

纯英悄悄转过头，望了望成排的坟墓，西斜的夕阳把光线倾洒在坟头，坟墓似乎要敞开，长眠在里面的长辈们好像要起身高兴地迎接纯英。

“爷爷，是不是爷爷的爷爷、奶奶、爸爸、妈妈还有我奶奶都住在这些坟墓里？他们住得这么近，能相互聊天，要是有人不舒服，也会相互帮忙送到医院去吧？”

纯英走到最后一排奶奶的坟前，恭敬地坐下。

“住在坟墓里的人都在休息，所以他们不生病，而且无忧无虑。”

老人梳理一下自己的想法，我得告诉孙女人老了、死了之后去哪儿，她才能听得懂呢？其实我也不知道，活了七十岁，我竟然不知道自己要去哪里。可我总得告诉孙女一个答案，怎么办呢？

这时候，他想起了去世的父亲。

当父亲意识到自己已经无法恢复健康时，就平静地对吃惊的儿子说“死”。

“人的生命并不在这个世界上完全结束，不起眼的树木不就这样吗？就像你以前说的一样，做柜子或书桌的木板也有自己的家乡，这些木板的家乡——原木不是也有别的家乡吗？更何况人是万物之灵，怎能在这个世界上就结束生命呢？”

很久以来，这是父子头一次就平时没想过的问题进行交流。

“即便如此，死是令人悲伤、难过的，就像你听过的柜子和书桌说的一样，尽管来自同一棵树，它们却不知道自己的本源。就算我们在某个地方再次相见，可能也不会像现在一样是父子，也就是说，我们的关系可能就在这个世界上结束。想到这一点，我们当然难过，这是人之常情。在另一个世界里，我们会消除人与人之间的一切矛盾，享受和平。”

父亲望着儿子的脸，认真地说着，还微微笑了一下，这是为了安慰难过的儿子做出的微笑。

老人用眼睛寻找着化作一撮灰烬下葬的父亲的坟墓，草地上父亲瘦削、粗糙的面容一闪而过。但是，现在还不能把这些讲给纯英听。

老人和孙女离开了坟墓，走进了树林。

“爷爷，这片树林里有好多树啊！”

“这些树是现在躺在坟墓里的那些长辈们种的。”

“他们为什么种树呢？”

纯英仰望着遮天蔽日的大树，问道。

“他们是为了用木材。爷爷住的房子、那张书桌、壁橱上的柜子都是用木头做的。”

“可是这些树也能做木材吗？”

纯英指着大树底下不起眼的桦树、矮松和不知名的小树。

“是啊，那些树成不了木材，可是这样的树必须得有，这样大树才能长大，没用的树聚在一起形成树林，树林中叶子凋落，会让泥土更肥沃。”

老人含糊地回答。

“这根藤条为什么长在这里？”

孙女指着缠在桦树树桩上往上爬的藤条，问道。

“这个嘛，这是只有这片树林才知道的秘密。世界上不是只有我们需要的东西。人觉得不需要，可是这片树林可能需要，它们的生长需要互相帮助。”

老人对孙女的问题不能给出确定的回答，树林拥有太多不为人知的秘密，为什么毫无用处的杂草和蓟、折腾树木的各种杂木会和能成才的树木一起生长？

"那儿，松鼠跑了，鸟儿在低头看我们。"

纯英看了看沿着大树根部向上爬的松鼠，又指着落在上方树枝上的乌鸦和无名的小鸟儿。

"那些鸟儿吃什么呢?"

纯英观察着树林的每个地方，问道。

"吃树上结的果实啊。这片树林里有很多树虽然成不了木材，但是结果子。可能它们生长在这片树林里，就是为了给鸟儿和动物、昆虫提供食物。"

老人指着橡树和铁椆树。到了夏末，这些树的大叶片之间会结出硬壳果实，到了秋天，楝树的果实就成为鸟儿的食物，缠绕着松树树干向上爬的木防也结出葡萄一样的果实，菝葜的藤蔓上也会挂上红红的果子。这说明，到了秋天，蔓藤和不起眼的树木熟透的果实成为鸟儿和动物的食物。

"爷爷，看来这片树林里的树、鸟儿和草是一家子呢。"

纯英似乎突然悟到了什么。

"你说得对，它们就像一家人一样和睦生活，其乐融融。树林真是一个祥和的世界啊。"

这些话在老人心底藏了很长时间。树林会永远这样繁盛，各种树木和花草、虫鸟以及其他的生物和谐相处，即便有一个力气不济消失了，也会有其他的出现，取代它的位置，所以树林会长盛不衰。老人像出了神，小声嘀咕着。

"到了夜里，坟墓里的长辈们会一起到这片树林里玩耍吧?"

孙女冒失的问题让老人无言以对，可是他必须回答。

“人死了虽然身体会变，灵魂永远存在。尽管我们的眼睛看不见，他们应该现在就在这片树林里快活地玩耍呢。”

听了这话，孙女茅塞顿开，心里也轻松起来。

老人细细梳理着杂乱的想法，心情渐渐平静了下来。或许是树林的灵气进入了他全身，他感到肩膀轻飘飘的，似乎要飞起来，腋下也痒痒的，难道要钻出翅膀？如果是翅膀，那不是灵魂的翅膀吗？姑且这么想吧。眼前一排排树木似乎都变成了人，向他招着手。老人肩膀上的大翅膀扑棱棱伸展开来，他的身子越来越轻，似乎飘起来了，升到了空中。

老人半夜梦见妻子，一下子从梦中醒来。朋友来了，干活的保姆给他摆了一桌酒菜，他喝了两杯，就进入了梦乡。妻子的脸如今就浮现在眼前，曾几何时，她穿着寿衣，开玩笑地问好看不好看，现在妻子就是那副打扮。老人来到妻子的房间，打开壁橱上的柜子门，拿出妻子给自己做的寿衣穿了起来。

“这是我对你的最后一份心意。”

拿到体检结果之后，妻子就做了两套寿衣。

老人按顺序穿上了用土黄色丝绸缝制的裤子、上衣和长袍，这不是很正式的寿衣，是日常韩服的样式。

穿上裤子，他想穿上衣和坎肩，突然感到一阵眩晕。尽管如此，他还是正襟危坐，扣上扣子，起身穿上了长袍。

穿好衣服之后，他回到书房，坐在了书桌前。

这一刻，无数张面孔从眼前闪过，祖父、祖母、父亲、母亲、妻子、叔叔还有兄弟们，是先离开这栋房子的亲人们的脸。他们消失之后，老人闭上了眼睛。妻子悄悄来到他面前坐下。“哎，老婆!”可是妻子无言地站了起来。“你去哪儿？我来了。”妻子默默地看了老人一会儿，走到了廊台上，老人跟着她。妻子走到了院子里，她走得太快了。这时梦中母亲的脸庞浮现在眼前。妻子走上了通往树林的后院。“哎！咱们一起走。”老人唯恐跟不上妻子，慌慌张张向外走。妻子就像飞一样，轻飘飘地奔向树林。这一瞬间，老人的身体变轻了，一下子腾空而起。

图书在版编目(CIP)数据

离家／(韩) 玄吉彦著;韩梅译. —上海: 上海译文出版社,2016.7
ISBN 978－7－5327－7255－1

Ⅰ. ①离… Ⅱ. ①玄… ②韩… Ⅲ. ①短篇小说—小说集—韩国—现代 ②中篇小说—韩国—现代 Ⅳ. ①I312.645

中国版本图书馆 CIP 数据核字(2016)第 067020 号

本书由韩国文学翻译院资助翻译及出版

韩国文学翻译院
Literature Translation Institute of Korea

图字: 09－2015－194 号

离家
[韩] 玄吉彦 著 韩 梅 译
策划/陈一新 责任编辑/王洁琼 装帧设计/胡 枫

上海世纪出版股份有限公司
译文出版社出版
网址: www.yiwen.com.cn
上海世纪出版股份有限公司发行中心发行
200001 上海福建中路 193 号 www.ewen.co
上海颛辉印刷厂印刷

开本 890×1240 1/32 印张 6.75 插页 2 字数 94,000
2016 年 7 月第 1 版 2016 年 7 月第 1 次印刷
印数: 0,001—3,000 册

ISBN 978－7－5327－7255－1/I·4414
定价: 28.00 元